Nikolaj Gogol

Der Mantel

Aufzeichnungen eines Verrückten

Erzählungen

Übersetzt von Wilhelm Lange
und Johannes von Guenther

Philipp Reclam jun. Stuttgart

Universal-Bibliothek Nr. 1716

Gesamtherstellung: Reclam, Ditzingen. Printed in Germany 1983
ISBN 3-15-001716-5

Der Mantel

In einer russischen Ministerialabteilung – – – –
Aber es ist wohl besser, ich sage nicht, in welcher Ministerialabteilung es war. Es gibt in Rußland kein empfindlicheres Menschengeschlecht als das der Ministerial-, Regiments- und Kanzleibeamten – kurz alles dessen, was man unter der Bezeichnung »Beamte« zusammenfaßt. Jeder glaubt, wenn er irgendwie gekränkt wird, die ganze Klasse sei in seiner Person beleidigt.
Kürzlich soll ein Isprawnik* – ich weiß nicht mehr, in welcher Stadt – einen Bericht verfaßt haben, der den Zweck hatte zu beweisen, daß die Erlasse der Regierung nicht mehr befolgt würden, daß man es sogar wage, den heiligen Titel Isprawnik in verächtlichem Sinne auszusprechen; und zur Begründung seiner Behauptungen legte er seinem Bericht einen ungeheuren Folianten bei, der eine Art Roman enthielt, in dem auf jeder zehnten Seite ein Isprawnik vorkam – stellenweise sogar in vollständig betrunkenem Zustande.
Um daher von vornherein allen etwaigen Reklamationen einen Riegel vorzuschieben, will ich lieber die Ministerialabteilung, die der Schauplatz meiner Geschichte ist, nicht mit unzweifelhafter Deutlichkeit angeben und vorsichtshalber sagen: »In einer gewissen Kanzlei.«
Also in einer gewissen Kanzlei war »ein gewisser Mann« angestellt, ein Beamter, von, ich kann es nicht verhehlen, von ziemlich unscheinbarem Äußeren. Er war von kleiner Statur, sein Gesicht war ein wenig pockennarbig, das Haar ein wenig rot, an der Stirn ziemlich weit zurückgewachsen, beide Schläfen und Wangen waren von Runzeln durchfurcht – von anderen Unvollkommenheiten zu

* Ein Zivilbeamter, dessen Obliegenheiten ungefähr denen eines preußischen Landrats entsprechen.

schweigen... So das äußere Bild unseres Helden, wie es das Petersburger Klima zugerichtet hat.
Was seinen Beamtenrang anging – denn bei uns muß man vor allen Dingen den Beamtenrang angeben – so war er, was man einen ewigen Titularrat* zu nennen pflegt, eines jener unglücklichen Wesen, über das, wie männiglich bekannt, sich verschiedene Schriftsteller lustig machen, welche die schlechte Gewohnheit haben, Leute anzugreifen, die sich nicht verteidigen können.
Der Name unseres Helden war Baschmatschkin**; sein Tauf- und Vatersname Akaki Akakjewitsch.
Vielleicht findet der Leser diese Namen ein wenig seltsam und gesucht, aber er kann versichert sein, daß ich sie durchaus nicht gesucht habe, und daß die Umstände es so gefügt, daß es gar nicht möglich war, ihm andere Namen zu geben.
Das ging folgendermaßen zu:
Akaki Akakjewitsch kam, wenn mein Gedächtnis mich nicht irreführt, in der Nacht auf den dreiundzwanzigsten März zur Welt. Seine selige Mutter, die Frau eines Beamten und zugleich ein sehr gutes Weib, traf, wie sich's gehört, sofort Anstalt, ihr Söhnchen taufen zu lassen. Die Mutter hütete noch das der Tür gegenüber aufgestellte Bett. Zu ihrer Rechten stand der Pate, Iwan Iwanowitsch Jeroschkin, eine sehr bedeutende Persönlichkeit, der beim Senat Registrator war, zu ihrer Linken die Patin, Arina Semenowna Bjellobruschkoff mit Namen, die Frau eines Polizeiinspektors, eine Dame von seltenen Tugenden.
Der Wöchnerin wurden drei Namen zur beliebigen Auswahl für den Täufling vorgeschlagen: Mokius, Kokius und Chosdasatius.
»Nein«, sagte die Wöchnerin, »solche Namen gefallen mir nicht.«

* Der russische Tschin oder die Rangordnung der Zivil-, Militär-, Verwaltungs- und kirchlichen Behörden umfaßt vierzehn Klassen. Der Titularrat gehört zur neunten.
** Zu deutsch: Schuhmacher; von baschmak, Schuh.

Um ihren Wünschen entgegenzukommen, wurde der Kalender auf einer anderen Seite aufgeschlagen, und zum Vorschein kamen die zwei Namen Trifili und Warachatus.
»Das ist ja wie eine Strafe Gottes«, meinte die Mutter; »was sind das alles für Namen! Niemals in meinem Leben habe ich sie gehört. Wär's noch Waradat oder Waruch; aber Trifili und Warachatus!«
Abermals wurde der Kalender aufgeschlagen – da standen: Pawsikachi und Wachtissi.
»Nun, ich sehe«, sagte die Mutter, »das ist offenbar Schicksal. Wenn's gar nicht anders geht, dann mag er den Namen seines Vaters bekommen. Sein Vater heißt Akaki – mag der Sohn meinetwegen auch Akaki heißen.«
Auf diese Weise kamen die Namen Akaki Akakjewitsch* zustande.
Das Kind wurde getauft, wobei es weinte und schrie und allerlei Grimassen machte, als hätte es vorausgefühlt, daß es eines Tages Titularrat werden würde.
Wir haben dies alles so gewissenhaft erzählt, damit der Leser sich selbst überzeugen sollte, daß es gar nicht anders zugehen und der kleine Akaki einen andern Namen gar nicht erhalten konnte.
Zu welcher Zeit Akaki Akakjewitsch in die Kanzlei eintrat, und wer ihm zu seiner Stelle verhalf, dessen vermag sich kein Mensch mehr zu entsinnen. Wie viele Vorgesetzte aller Art sich auch ablösten, alle sahen ihn auf ein und demselben Platze, in derselben Haltung, mit derselben Arbeit beschäftigt, mit demselben Titel, so daß man glauben mußte, er sei ganz so, wie er war, mit den enthaarten Schläfen und seiner Beamtenuniform zur Welt gekommen.
In der Kanzlei, in der er beschäftigt war, wurde ihm keinerlei Rücksicht zuteil. Nicht einmal die Bürodiener standen von ihren Stühlen auf, wenn er eintrat, ja sie sahen ihn

* Akaki, Sohn des Akaki. In Rußland tragen die Kinder außer ihrem Taufnamen noch den ihres Vaters. Infolgedessen kann ein Russe immer nur einen Taufnamen erhalten.

nicht einmal an – sie achteten seiner ebensowenig, als wäre eine Fliege durchs Empfangszimmer geflogen. Seine Vorgesetzten behandelten ihn mit kaltem Despotismus. Der Gehilfe des Bürochefs sagte, wenn er ihm einen Berg von Papieren vor die Nase warf, nicht einmal: »Bitte, schreiben Sie das ab«, oder: »Das ist etwas Interessantes – eine recht hübsche Arbeit«, oder sonst ein angenehmes Wort, wie es bei Beamten üblich ist, die eine gute Erziehung genossen haben.

Aber Akaki nahm die Akten; er sah gar nicht darauf, ob man ein Recht hatte, sie ihm zu übergeben oder nicht; er nahm sie und begann sofort mit dem Abschreiben.

Seine jungen Kollegen machten ihn zum Gegenstand ihres Gespötts und ihrer klassischen Witze – soweit man bei Beamten und namentlich bei Kanzleibeamten von Witz überhaupt reden darf. Bald erzählten sie sich in seiner Gegenwart verschiedene erfundene Geschichten über seine Lebensweise und seine Wirtin, eine siebzigjährige Alte; sie behaupteten, sie prügele ihn, und erkundigten sich bei Akaki, wann er mit ihr vor den Traualtar treten würde; bald ließen sie Papierfetzen auf sein Haupt herabregnen und riefen ihm zu, es seien Schneeflocken.

Aber Akaki Akakjewitsch hatte nie ein Wort der Erwiderung auf all diese Attacken; es war, als wäre überhaupt niemand um ihn. Ja selbst auf die Beschaffenheit seiner Arbeit übte das alles keinen Einfluß; trotz all dieser Ablenkungen machte er keinen einzigen Schreibfehler. Nur wenn der Spaß unerträglich wurde, wenn er beim Arm gefaßt und so am Schreiben verhindert wurde, dann sagte er: »Lassen Sie mich doch! Warum wollen Sie mich kränken?«

Und es lag etwas eigentümlich Rührendes in diesen Worten und in der Art, wie er sie aussprach.

Eines Tages begab es sich, daß, als ein erst vor kurzem in der Kanzlei angestellter junger Mensch, von dem Beispiel der andern angestachelt, seinen Witz ebenfalls an ihm üben wollte, dieser plötzlich beim Klang von Akakis

Stimme wie angewurzelt dastand und den alten Beamten von diesem Augenblick an mit ganz anderen Augen ansah. Es war ihm, als ob eine übernatürliche Macht ihn von seinen Kollegen, die er hier kennengelernt und die er für wohlerzogene, anständige Leute gehalten, fortziehe und ihm einen Widerwillen gegen sie einflöße. Und noch lange nachher, in glücklichsten Augenblicken, sah er das Bild des armen kleinen Titularrats mit der kahlen Stirn vor sich, und noch immer tönten ihm die Worte im Ohr: »Lassen Sie mich doch! Warum kränken Sie mich?«
Und aus diesen Worten hörte er noch andere heraus – die Worte: »Bin ich nicht euer Bruder?«
Und da verbarg der junge Mann das Gesicht in den Händen, oftmals überkam ihn ein Schauer bei dem Gedanken, wieviel Unbarmherzigkeit im Menschen steckt, wieviel Roheit in der verfeinerten gebildeten Gesellschaft, sogar in solchen Menschen, die in der Welt als edel und ehrenhaft gelten.
Nirgends war ein Beamter zu finden, der so seiner Pflicht lebte wie Akaki Akakjewitsch. Was sage ich – er arbeitete mit Liebe, mit Leidenschaft. Wenn er amtliche Schriftstücke kopierte, so sah er eine schöne bunte Welt vor sich erstehen. Der Genuß, den ihm das Abschreiben gewährte, war auf seinem Gesicht zu lesen. Gewisse Buchstaben malte er mit besonderem Vergnügen; wenn er an die betreffende Stelle kam, so war er ein ganz anderer; er begann zu lächeln, blinzelte mit den Augen, kniff die Lippen zusammen, so daß die Leute, die ihn kannten, auf seinem Gesicht lesen konnten, an welchem Buchstaben er gerade arbeitete.
Wäre er nach seinem Eifer bezahlt worden, so würde er – zu seinem eigenen Erstaunen – vielleicht zum Range eines Staatsrats erhoben worden sein. Allein er durfte, wie seine Kollegen sich ausdrückten, kein Kreuz im Knopfloch tragen und sich durch seinen Diensteifer nur Hämorrhoiden zuziehen.
Übrigens muß ich erwähnen, daß er einmal eine gewisse

Aufmerksamkeit auf sich lenkte. Ein Direktor, der ein braver Mensch war und ihn für seine langen Dienste belohnen wollte, befahl, ihm eine Arbeit anzuvertrauen, die wichtiger war als die Aktenstücke, die er gewöhnlich zu kopieren hatte. Diese neue Arbeit bestand darin, irgendeinen Bericht an eine Gerichtsbehörde vorzubereiten, die Titel verschiedener Akten abzuändern und hin und wieder das Fürwort der ersten Person durch das der dritten zu ersetzen.

Akaki unterzog sich seiner Aufgabe. Aber sie verwirrte und ermüdete ihn derart, daß ihm der Schweiß von der Stirn floß und er endlich ausrief: »Nein, gebt mir lieber wieder etwas abzuschreiben.«

Und von diesem Augenblick an ließ man ihn bis an sein Lebensende abschreiben.

Außer seinen Kopien schien es für ihn nichts auf der Welt zu geben. Er dachte nicht einmal an seine Kleidung. Seine Uniform, die ursprünglich grün war, hatte eine rötliche Farbe angenommen. Seine Halsbinde war so eng und so zusammengeschrumpft, daß sein Hals, obgleich er durchaus nicht lang war, weit aus dem Kragen herausragte und ungewöhnlich lang erschien – just wie bei den Gipskatzen mit beweglichen Köpfen, die Händler in den russischen Dörfern umhertragen, um sie an die Bauern abzusetzen.

Und immer heftete sich irgendein Gegenstand an seine Kleidung; bald ein Stückchen Faden, bald das herumflatternde Fragment eines Strohhalms. Zudem hatte er eine eigentümliche Vorliebe dafür, just in dem Augenblick, da irgendein nicht ganz sauberer Gegenstand auf die Straße geworfen wurde, unter den betreffenden Fenstern vorüberzugehen, und darum trug er stets auf seinem Haupte Melonenschalen und ähnliche Abfälle. Niemals in seinem Leben hatte er dem Beachtung geschenkt, was sich täglich auf den Straßen regt und bewegt, und auf das, wie bekannt, seine Kollegen mit so scharfen Blicken achten, daß sie es sofort bemerken, wenn auf dem andern Bürgersteig ein

Sterblicher mit zerrissenen Beinkleidern vorüberwandert – ein Schauspiel, das ihnen stets ein besonderes Vergnügen bereitet.
Akaki Akakjewitsch sah immer nur die sauberen, gleichmäßigen Linien seiner Kopien vor sich, und nur wenn er plötzlich an die Schnauze eines Pferdes stieß, das ihm durch die Nüstern seinen geräuschvollen Atem ins Gesicht blies, bemerkte der Wackere erst, daß er sich nicht an seinem Schreibtisch inmitten seiner schönen Abschriften befand, sondern mitten auf der Straße.
Zu Hause angelangt, setzte er sich sofort zu Tisch, verzehrte in aller Eile seine Kohlsuppe und aß dann, ohne irgendwie auf den Geschmack zu achten, ein Stück Rindfleisch mit Knoblauch; er verzehrte es nebst den Fliegen und all den Dingen, womit Gott und der Zufall es bestreut hatten. War sein Hunger gestillt, dann setzte er sich sofort an den Tisch und begann die Akten abzuschreiben, die er mit nach Hause genommen hatte. Waren zufällig keine amtlichen Schriftstücke zu kopieren, so schrieb er zu seinem eigenen Vergnügen die Akten ab, denen er eine besondere Wichtigkeit beilegte – nicht wegen ihrer mehr oder minder schönen Fassung, sondern weil sie an irgendeine hohe Persönlichkeit gerichtet waren.
Wenn der graue Petersburger Himmel in den Schleier der Nacht gehüllt ist und das ganze Beamtenvolk sein Mittagsmahl je nach den gastronomischen Neigungen oder nach der Schwere der Börse beendet hat – wenn alles sich erholt von dem Gekritzel der bürokratischen Federn, von all den Sorgen und Geschäften, die der Mensch sich oft unnützerweise auferlegt, so will ein jeder den Rest des Tages seinem persönlichen Vergnügen widmen. Dieser geht ins Theater, jener wandert auf den Straßen umher und macht sich ein Vergnügen daraus, die Toiletten zu betrachten; wieder ein anderer girrt einem jungen Mädchen, das wie ein Stern in seinem bescheidenen Beamtenkreise auftaucht, ein paar schmeichelhafte, gefühlvolle Worte zu. Da und dort macht auch einer einem Kollegen einen Be-

such, im dritten oder vierten Stock, in dessen einfacher, aus zwei Stuben nebst Vorraum und Küche bestehenden Wohnung, die mit einer anspruchsvollen Ausstattung geschmückt ist, zum Beispiel einer Lampe und irgendeinem anderen, nach langen Entbehrungen gekauften Gegenstande.

Kurz, um diese Zeit widmet sich jeder Beamte auf diese oder jene Weise dem Vergnügen; hier wird Whist gespielt, dort Tee mit billigem Backwerk genossen oder Tabak aus langen Pfeifen geraucht. Die einen erzählen sich Skandalgeschichten aus den vornehmen Kreisen, denn in welchen Lebenslagen der Russe sich auch befinden mag, von der vornehmen Welt vermag er seine Gedanken nie abzulenken; andere geben uralte, aber immer noch beliebte Anekdoten zum besten, wie zum Beispiel die von dem Kommandanten, dem gemeldet wird, ein Übeltäter habe dem Pferde auf dem Denkmale Peters des Großen den Schwanz abgeschnitten.

Also auch in diesen Stunden der Erholung und der Vergnügungen blieb Akaki Akakjewitsch seinen Gewohnheiten treu. Niemand vermochte zu sagen, daß er ihn irgendeinmal in einer Abendgesellschaft gesehen habe. Wenn er sich satt geschrieben, legte er sich zu Bett und dachte an die Freuden des folgenden Tages, an die schönen Kopien, die der liebe Gott ihm morgen anvertrauen würde.

So floß das friedliche Dasein eines Menschen dahin, der bei seinen vierhundert Rubeln Gehalt mit seinem Geschick vollkommen zufrieden war; und er hätte vielleicht ein hohes Alter erreichen können, wenn ihn nicht einer jener unglücklichen Zwischenfälle betroffen hätte, die nicht bloß die Titular-, sondern auch die Geheimen, Wirklichen, Hof- und andern Räte bedrohen, selbst diejenigen nicht ausgeschlossen, die niemals einen Rat erteilen oder empfangen.

In Petersburg haben alle, die nur ein Jahresgehalt von vierhundert Rubeln oder da herum beziehen, einen furchtbaren Feind; und dieser furchtbare Feind ist unsere

nordische Kälte, wenn auch behauptet wird, sie sei der Gesundheit sehr zuträglich.
Gegen neun Uhr morgens, wenn die Beamten der verschiedenen Abteilungen sich in ihre Büros begeben, zwickt ihnen die Kälte so lebhaft die Nase, daß die meisten von ihnen sich nicht zu helfen wissen. Wenn in diesem Augenblick die hohen Würdenträger in eigner Person derart unter der Strenge der Kälte leiden, daß ihnen die Tränen in die Augen treten – wie müssen erst die Titularräte leiden, denen es ihre Mittel nicht erlauben, sich gegen den strengen Winter zu schützen. Haben sie sich in ihre leichten Mäntel gehüllt, so gilt es, in aller Hast fünf, sechs Straßen zu durcheilen, dann bei dem Portier haltzumachen, um sich zu erwärmen und zu warten, bis ihre bürokratischen Fähigkeiten wieder auftauen.
Seit einiger Zeit empfand Akaki im Rücken und an den Schultern sehr scharfe Stiche, obgleich er den Weg von seiner Wohnung bis zu seinem Büro mit aller Macht laufend zurücklegte. Nachdem er die Sache wohl überlegt, gelangte er endlich zu dem Resultat, daß sein Mantel an einer gewissen Unvollkommenheit leiden müsse. Wieder in seinem Zimmer angekommen, untersuchte er ihn sorgfältig und bemerkte, daß der geliebte Stoff an zwei, drei Stellen sich so sehr verdünnt hatte, daß er geradezu durchsichtig geworden und daß das Futter zerrissen war.
Dieser Mantel war seit langer Zeit der beständige Gegenstand von Stichelreden für die unerbittlichen Kollegen Akakis. Sie hatten ihm sogar den edlen Namen Mantel geraubt und ihn Kapuze getauft. Allerdings sah dies Kleidungsstück seltsam genug aus. Jahr für Jahr war der Kragen verkleinert worden, denn Jahr für Jahr hatte der arme Titularrat ein Stück davon abgenommen, um den Mantel an einer andern Stelle damit auszubessern; und diese Ausbesserungen verrieten nicht die geübte Hand eines Schneiders; sie waren in sehr plumper Weise gemacht und nahmen sich überaus häßlich aus.
Nachdem Akaki Akakjewitsch seine betrübende Untersu-

chung beendet, sagte er sich, daß er seinen Mantel unbedingt zu Petrowitsch, dem Schneider, bringen müßte, der hoch oben im vierten Stock, in einer finstern Klause wohnte.
Mit seinem schielenden Blick und dem pockennarbigen Gesicht sah Petrowitsch durchaus nicht danach aus, als hätte er die Ehre, Fracks und Beinkleider für hohe Beamte zu machen, wenn er sich in nüchternem Zustande befand und sich nicht süßeren Beschäftigungen hingab.
Ich könnte es mir versagen, hier von diesem Schneider zu reden. Allein, da es einmal so Brauch ist, daß jede in einer Erzählung vorkommende Persönlichkeit mit der ihr eigenen Physiognomie vorgestellt wird, so muß ich wohl oder übel Petrowitsch schildern. Ehedem, als er noch in dem Hause seines Herrn als Leibeigener fungierte, hieß er einfach Gregor. Als er frei wurde, glaubte er sich mit einem neuen Namen schmücken zu müssen; zugleich begann er tapfer zu trinken, anfangs nur an den hohen Festtagen, dann allmählich an allen Festtagen, die im Kalender durch ein Kreuz bezeichnet sind. Durch diese feierliche Begehung der von der Kirche geweihten Tage glaubte er den Sitten seiner Kindheit treu zu bleiben; und wenn er seine Frau auszankte, so schrie er, sie sei ein weltliches Geschöpf und eine Deutsche. Von dieser Frau haben wir weiter nichts zu berichten, als daß sie des Petrowitsch Frau war, und daß sie kein Tuch, sondern eine Haube auf dem Kopfe trug. Im übrigen war sie nicht hübsch, nur die Soldaten sahen sie im Vorübergehen an, und dann drehten sie sich den Schnurrbart und gingen lachend weiter.
Akaki Akakjewitsch wandte sich also der Dachstube des Schneiders zu. Er erreichte sie über eine schwarze, schmutzige, feuchte Treppe, die wie alle von dem gewöhnlichen Volk in Petersburg bewohnten Häuser jene Spiritusdünste ausströmte, die zugleich die Nase und die Augen verletzen.
Während der Titularrat die glitschigen Stufen hinaufklet-

terte, berechnete er sich, was Petrowitsch für die Reparatur seines Mantels verlangen könnte, und nahm sich vor, ihm nur einen Rubel zu geben.
Die Wohnungstür des Handwerkers stand offen, um den Rauchwirbeln einen Ausgang zu verschaffen, die aus der Küche drangen, wo des Petrowitsch Frau Fische briet. Akaki schritt, die Blicke von dem Rauch getrübt, durch die Küche, ohne daß die Frau ihn sah, und trat in das Zimmer, in dem der Schneider auf einem großen hölzernen, roh zugehauenen Tische saß, die Beine wie ein türkischer Pascha gekreuzt und, wie das bei den meisten Schneidern üblich, mit nackten Füßen.
Was zunächst die Aufmerksamkeit erregte, wenn man sich ihm näherte, war der Nagel des Daumens, der ein wenig verstümmelt, aber hart und starr wie eine Schildkrötenschale war. Um den Hals trug er mehrere Fitzen Seide und Zwirn, und auf den Knien hatte er einen zerlumpten Rock. Seit einigen Minuten mühte er sich ab, eine Nadel einzufädeln, was ihm jedoch nicht glücken wollte. Erst war er auf die Dunkelheit wütend geworden, dann auf den Faden.
»Willst du denn gar nicht hinein, du langweilst mich!« rief er.
Akaki bemerkte sofort, daß er zu ungelegener Zeit gekommen. Gern hätte er sich Petrowitsch in einem günstigen Augenblick vorgestellt, wenn er sich eine neue Erfrischung gönnte – wenn er, wie seine Frau es nannte, sich eine solide Ration Branntwein nahm. Dann ging der Schneider mit außerordentlicher Herablassung auf die Vorschläge seines Kunden ein, verbeugte sich vor ihm und dankte ihm noch. Manchmal allerdings mischte sich die Frau in die Verhandlung und schrie, er sei betrunken und verspreche, die Arbeit zu einem viel zu niedrigen Preise zu machen. Aber wurde dann eine Kleinigkeit zugelegt, so war die Sache erledigt.
Zu des Titularrats Unglück hatte Petrowitsch in diesem Augenblick die Flasche noch nicht angerührt, und in sol-

chen Momenten war er hart, querköpfig und fähig, einen erschreckenden Preis zu verlangen.
Akaki sah diese Gefahr voraus und wäre gerne wieder umgekehrt; allein es war bereits zu spät, das Auge des Schneiders – sein einziges Auge, denn er war einäugig – hatte ihn schon bemerkt, und Akaki Akakjewitsch murmelte unwillkürlich:
»Guten Tag, Petrowitsch.«
»Willkommen, Herr«, antwortete der Schneider und richtete den Blick auf des Titularrats Hand, um zu sehen, was er darin hätte.
»Ich komme eben... bloß... um... ich möchte –«
Wir müssen hier bemerken, daß der schüchterne Titularrat in der Regel, um seine Gedanken auszudrücken, nur Präpositionen, Adverbien oder Partikeln gebrauchte, die niemals einen bestimmten Sinn ergaben.
War die Angelegenheit, um die es sich handelte, schwieriger Natur, dann konnte er den begonnenen Satz niemals beenden. So begegnete es ihm, daß er sich bei seinen Verhandlungen in die Formeln verstrickte: ja – es ist zwar wahr, daß –
Dabei blieb er stecken und vergaß, was er sagen wollte, oder glaubte, es gesagt zu haben.
»Was wünschen Sie, Herr?« fragte Petrowitsch, ihn mit einem forschenden Blick von oben bis unten messend, und Kragen, Ärmel, Taille, Knöpfe, kurz Akakis ganze Uniform betrachtend, obgleich er sie sehr wohl kannte, da er sie selbst gemacht hatte. Die Schneider haben nun einmal die Gewohnheit, fremde Kleidungsstücke in dieser Weise zu betrachten. Das ist ihr erster Gedanke, wenn sie einem Bekannten begegnen.
Da antwortete Akaki, wie gewöhnlich stotternd:
»Ich möchte... Petrowitsch... dieser Mantel... sehen Sie... aber übrigens ist er noch ganz gut, nur daß er ein wenig staubig... und darum sieht er ein wenig alt aus. Er ist jedoch noch ganz neu... nur da so ein wenig abgeschlissen... da im Rücken und dann hier an der Schul-

ter ... zwei, drei ganz kleine Risse. Du siehst, gar nicht der Rede wert, in ein paar Minuten hast du das vollständig wieder ausgebessert.«

Petrowitsch nahm den unglücklichen Mantel, breitete ihn über den Tisch, betrachtete ihn schweigend und schüttelte das Haupt. Dann streckte er die Hand zum Fenster aus nach seiner Tabaksdose, einer runden, mit dem Bildnis eines Generals geschmückten Tabaksdose – ich weiß übrigens nicht, welches Generals, denn die Stelle, wo das Gesicht gewesen, war mit dem Finger durchbohrt und danach mit einem viereckigen Stückchen Papier verklebt worden.

Nachdem Petrowitsch eine Prise genommen, betrachtete er die Kapuze von neuem, hielt sie ans Licht und schüttelte abermals den Kopf. Dann untersuchte er das Futter, hob zum zweitenmal den Deckel seiner ehedem mit dem Antlitz des Generals geschmückten Tabaksdose auf, nahm eine zweite Prise und rief endlich aus: »Nein, daran ist gar nichts mehr auszubessern. Ein ganz miserabler Lappen!«

Bei diesen Worten sank Akaki der Mut.

»Wieso denn?« fragte er in dem klagenden Ton eines Kindes, »ist denn dieses Loch gar nicht mehr auszubessern? Schau doch nur, Petrowitsch; du siehst ja, nur ein paar Risse, und du hast doch Lappen genug, um das wieder zuzunähen.«

»Ja, Lappen genug habe ich schon, aber wie soll ich sie draufnähen? Das Tuch ist abgetragen, es hält keinen Stich mehr.«

»Na, wo der Stich nicht hält, da setzest du einen neuen Lappen auf.«

»Da hilft gar kein Lappen mehr; Tuch ist doch schließlich Tuch, und in diesem Zustande vermag schon ein Windstoß diesen jämmerlichen Mantel in Fetzen zu reißen.«

»Aber wenn du ihn etwas dauerhafter machtest, siehst du – – wirklich – –«

»Nein«, antwortete Petrowitsch in bestimmtem Ton, »da

ist nichts mehr zu machen, der Stoff ist vollständig abgenutzt. Da wär's schon besser, Sie machten sich im Winter Fußlappen daraus; die halten wärmer als Strümpfe. Die Deutschen haben die Strümpfe nur erfunden, um viel Geld zu verdienen.«
Petrowitsch ließ nie eine Gelegenheit vorübergehen, ohne den Deutschen einen Hieb zu versetzen.
»Sie müssen sich unbedingt einen neuen Mantel anschaffen«, fügte er hinzu.
»Einen neuen Mantel?«
Akaki Akakjewitsch wurde es schwarz vor den Augen. Es war ihm, als ob sich die Schneiderwerkstatt um ihn herum drehe, und der einzige Gegenstand, den er klar unterscheiden konnte, war das mit Papier beklebte Porträt des Generals auf der Tabaksdose des Schneiders.
»Einen neuen Mantel«, murmelte er wie halb bewußtlos. »Aber ich habe ja kein Geld.«
»Jawohl, einen neuen Mantel«, wiederholte Petrowitsch mit grausamer Gelassenheit.
»Ja, selbst wenn ich einen solchen Entschluß faßte – wieviel –«
»Sie meinen, wieviel er kostet?«
»Ja.«
»Etwa hundertfünfzig Papierrubel*«, antwortete der Schneider und kniff die Lippen zusammen.
Diesem verwünschten Schneider machte es ein besonderes Vergnügen, seine Kunden in Verlegenheit zu setzen und den Ausdruck ihrer Gesichter mit seinem schielenden einzigen Auge zu beobachten.
»Hundertfünfzig Rubel für einen Mantel?« wiederholte Akaki Akakjewitsch in einem Tone, der wie ein Aufschrei klang – vermutlich der erste Schrei, den er seit seiner Geburt ausgestoßen, denn er sprach sonst immer nur in ganz schüchternem Tone.
»Ja«, versetzte Petrowitsch, »und dann der Marderkragen

* Ein Papierrubel betrug damals achtzig Pfennige.

und seidenes Futter für die Kapuze – das macht zusammen zweihundert Rubel.«
»Petrowitsch, ich beschwöre dich«, sagte Akaki Akakjewitsch mit flehender Stimme, da er die Worte des Schneiders nicht mehr hörte noch hören wollte, »versuche, mir diesen Mantel auszubessern, damit er noch eine Zeitlang vorhält.«
»Nein, das wäre ganz verlorne Arbeit und unnütze Verschwendung.«
Nach dieser Antwort ging Akaki ganz vernichtet wieder fort, während Petrowitsch mit zusammengebissenen Lippen, müßig und sehr zufrieden, daß er sich so fest gezeigt und die Schneiderwissenschaft so tapfer verteidigt hatte, auf dem Tische zurückblieb.
Ohne Ziel, aufs Geratewohl, wanderte Akaki wie ein Traumwandler in den Straßen umher... »Welch eine Verlegenheit!« sprach er in einem fort vor sich hin... »Wahrlich, das hätte ich nie geglaubt, daß es ein solches Ende nehmen würde. Nein«, fuhr er nach kurzem Schweigen fort, »das konnte ich nicht ahnen, daß es dahin kommen könnte... da befinde ich mich nun in einer vollständig unerwarteten Lage... in einer Bedrängnis, daß –«
Und sein Selbstgespräch in dieser Weise fortsetzend, ging er, statt sich seiner Wohnung zu nähern, in einer ganz verkehrten Richtung, ohne es auch nur zu merken. Ein Schornsteinfeger schwärzte ihm im Vorübergehen den Rücken. Aus einem Hause, an dem gebaut wurde, schüttete ihm ein Korb eine Ladung Gipsbrei auf den Kopf. Aber er sah und hörte nichts. Nur als er gegen einen Wachtposten anprallte, der, nachdem er seine Hellebarde neben sich gestellt, aus einer Dose Tabak in seine knochige Hand schüttete, wurde Akaki aus seiner Träumerei aufgeruttelt.
»Was suchst du hier?« schrie ihn der rohe Hüter der städtischen Ordnung an; »kannst du nicht ordentlich da über den Bürgersteig gehen?«
Diese plötzliche Anrede weckte Akaki endlich vollständig

aus seinem dumpfen Zustande. Er sammelte seine Gedanken, betrachtete seine Lage mit ungetrübtem Blick und ging ernst, freimütig, wie mit einem Freunde, dem man seine Herzensgeheimnisse vertraut, mit sich zu Rate.

»Nein«, sprach er endlich, »heute erlange ich nichts von Petrowitsch... heute ist er in schlechter Laune... vielleicht hat ihn seine Frau geprügelt... ich will ihn nächsten Sonntag wieder aufsuchen. Sonnabends hat er sich einen Rausch angetrunken, dann muß er sich am folgenden Tage erholen... seine Frau gibt ihm kein Geld... ich drücke ihm einen Griwenik* in die Hand, dann ist er gefügiger, und wir können weiter von dem Mantel reden.«

Durch diese Betrachtungen ermutigt, wartete Akaki geduldig bis zum Sonntag. Als er an diesem Tage von fern Petrowitschs Frau aus dem Hause gehen sah, begab er sich zu dem Schneider und fand ihn, wie er erwartet hatte, infolge des Samstagsvergnügens in sehr niedergeschlagener Stimmung. Aber kaum ließ Akaki ein Wort von dem Mantel fallen, da erwachte der diabolische Schneider urplötzlich aus seinem dumpfen Zustande und rief: »Nein, daraus wird nichts! Sie müssen sich unbedingt einen neuen Mantel kaufen!«

Der Titularrat drückte ihm einen Griwenik in die Hand.

»Danke, Verehrtester«, sagte Petrowitsch, »das wird mich wieder ein bißchen zu Kräften bringen, und ich will's auf Eure Gesundheit vertrinken. Aber was Ihren alten Mantel anlangt, sehen Sie, wozu darüber reden? Der ist keinen roten Heller mehr wert. Lassen Sie mich nur machen, ich baue Ihnen einen prachtvollen Mantel, dafür stehe ich Ihnen ein.«

Der arme Akaki Akakjewitsch drang noch immer in den Schneider, ihm den alten auszubessern.

»Nein und nochmals nein«, versetzte Petrowitsch; »ganz unmöglich! Verlassen Sie sich auf mich, ich übervorteile

* Zehn Kopeken, damals etwa dreißig Pfennige.

Sie nicht. Und ich werde sogar, wie das jetzt Brauch ist, silberne Haken und Ösen an den Kragen ansetzen.«

Diesmal sah Akaki ein, daß er sich dem Willen des Schneiders fügen müsse, und wiederum sank ihm aller Mut. Er mußte sich einen neuen Mantel machen lassen. Aber wovon ihn bezahlen? Freilich hatte er eine amtliche Gratifikation zu erwarten. Aber dafür hatte er bereits eine Verwendung gefunden. Er mußte sich Beinkleider kaufen und seinen Schuhmacher bezahlen, der ihm zwei Paar Stiefel ausgebessert hatte, und neue Wäsche kaufen, kurz, alles war schon im voraus ausgegeben. Wenn – was ein ganz unerwarteter Glücksfall wäre – der Direktor die übliche Gratifikation selbst von vierzig auf fünfzig Rubel erhöhte, was war ein so winziger Betrag gegenüber der ungeheuren Summe, die Petrowitsch forderte. Ein Tropfen Wasser ins Meer.

Allerdings stand zu erwarten, daß Petrowitsch, wenn er guter Laune war, den Preis bedeutend herabsetzte, so daß seine Frau zu ihm sagen würde: »Bist du verrückt? Manchmal arbeitest du ganz umsonst, und ein andermal forderst du ganz unmenschliche Preise!«

Er meinte also, daß er Petrowitsch wohl dazu bestimmen würde, ihm seinen Mantel für achtzig Rubel zu liefern; aber diese achtzig Rubel – wo sie finden? Vielleicht könnte es ihm gelingen, wenn er alle Hebel in Bewegung setzte, sich die Hälfte zu verschaffen. Aber die andere Hälfte – er sah keinen Ausweg. Wir sind dem Leser Rechenschaft darüber schuldig, wie der wackere Titularrat sich diese Hälfte herbeizuschaffen gedachte. Er hatte die Gewohnheit, so oft er einen Rubel erhielt, eine Kopeke davon in eine geschlossene Büchse zu legen. Am Ende eines halben Jahres nahm er diese Kupferstücke und wechselte sie gegen Silber ein. Dieses Sparsystem hatte er schon seit langer Zeit betrieben, und in diesem Augenblick beliefen sich seine Ersparnisse auf vierzig Rubel. Auf diese Weise befand er sich im Besitz der Hälfte der erforderlichen Summe. Aber die andere Hälfte! Akaki stellte lange Berech-

nungen an; dann endlich sagte er sich, daß er mindestens ein ganzes Jahr hindurch verschiedene seiner täglichen Ausgaben beschränken, sich abends den Tee versagen und, wenn er eine Arbeit zu machen habe, sich mit seinen Akten in das Zimmer der Wirtin setzen müßte, um in seinem eigenen die Feuerung zu sparen. Auch nahm er sich vor, auf der Straße das spitzige Pflaster zu meiden, um so seine Fußbekleidung zu schonen, und dann auch noch die Ausgaben für Wäsche herabzusetzen.
Anfangs fielen ihm diese Entbehrungen etwas schwer. Allmählich jedoch gewöhnte er sich daran, und schließlich begab er sich ganz ohne Abendessen zu Bett. Während sein Körper unter dieser Abtötung litt, sog sein Geist aus dem stetigen Gedanken an seinen Mantel um so reichlichere Nahrung. Seit dieser Zeit schien es, als ob seine Natur sich vervollständigt, als ob er geheiratet hätte, als besäße er eine Genossin, die ihn auf seinem Lebenswege begleitete – und diese Genossin war das Bild seines Mantels, den er, ordentlich wattiert und gefüttert, vor sich sah. Von jetzt an trat er lebhafter und fester auf, wie ein Mann, der sich sein Ziel gesetzt hat, das er unbedingt erreichen will. Seine schlaffen Züge, der haltlose Gang, die unsichern Bewegungen – das alles war verschwunden. Bisweilen strahlte ein ganz neuer Glanz aus seinen Augen, und in seinen kühnen Träumen legte er sich sogar die Frage vor, ob er sich nicht einen Marderkragen an seinen Mantel sollte machen lassen.
Durch solche und ähnliche Gedanken wurde er manchmal eigentümlich zerstreut. Als er eines Tages Akten kopierte, bemerkte er mit einemmal, daß er einen Fehler gemacht hatte... »Oh, oh!« rief er aus, und machte hastig das Zeichen des Kreuzes.
Wenigstens einmal monatlich begab er sich zu Petrowitsch, um sich mit ihm über den kostbaren Mantel zu unterhalten und mehrere wichtige Fragen mit ihm zu besprechen, nämlich wo und zu welchem Preise er das Tuch kaufen und welche Farbe er am besten wählen sollte.

Jeder dieser Besuche gab Anlaß zu neuen Betrachtungen, und Akaki kehrte stets glücklicher in seine Wohnung zurück, da ja nun endlich der Tag kommen mußte, wo alles gekauft war, wo der Mantel fix und fertig bereitlag.

Dieses große Ereignis trat früher ein, als er gehofft hatte. Der Direktor gab ihm eine Gratifikation nicht von vierzig, auch nicht von fünfzig, sondern von fünfundsechzig Rubeln. Dieser würdige Beamte hatte gemerkt, daß unser Freund Akaki eines Mantels bedurfte – oder hatte er diese Ausnahme nur einem glücklichen Zufall zu danken?

Wie dem auch sei, Akaki war um fünfundzwanzig Rubel reicher. Eine solche Vermehrung seiner Hilfsquellen mußte notwendigerweise sein denkwürdiges Unternehmen beschleunigen.

Nur noch zwei bis drei Hungermonate, und Akaki hatte seine achtzig Rubel beieinander. Sein sonst so ruhiges Herz begann heftig zu pochen. Sobald er die ungeheure Summe von achtzig Rubeln vollständig zusammen hatte, suchte er Petrowitsch auf, und beide begaben sich in einen Tuchladen.

Ohne Zaudern kauften sie ein sehr gutes Stück Tuch. Seit länger als einem halben Jahr hatten sie unaufhörlich darüber nachgedacht und debattiert, und allmonatlich waren sie in den Läden umhergegangen, um sich nach dem Preise zu erkundigen. Petrowitsch klopfte auf den Stoff und erklärte, ein besserer sei gar nicht zu finden. Zum Futter nahmen sie festen und dicht gewebten Leinwandstoff, der nach der Behauptung des Schneiders besser war als Seide; und dann glänzte er so hell! Marderpelz kauften sie nicht, weil er zu teuer war; sie entschieden sich für den besten Katzenbalg, der im Laden war, einen Pelz, den man ganz gut für Marder halten konnte.

Zur Anfertigung des Kleidungsstückes gebrauchte Petrowitsch volle vierzehn Tage; er machte eine unzählbare Menge von Stichen, sonst wäre er schneller damit fertig gewesen. Er taxierte seine Arbeit auf zwölf Rubel; weni-

ger konnte er nicht fordern; alles war fein mit Seide genäht, und der Schneider bügelte die Nähte mit den Zähnen, daß die Spuren davon noch zu sehen waren.
Endlich kam er, der so heißersehnte Mantel...
Ich kann den Tag nicht ganz genau angeben, aber ganz gewiß war es der feierlichste in Akakis Leben. Der Schneider brachte also den Mantel. Er brachte ihn frühmorgens, bevor der Titularrat sich in sein Büro begeben mußte. In einem passenderen Augenblick hätte er nicht kommen können, denn die Kälte begann sich sehr lebhaft fühlbar zu machen.
Petrowitsch nahte mit der würdevollen Miene eines bedeutenden Schneiders. Sein Gesicht hatte einen eigentümlich ernsten Ausdruck – so hatte ihn der Titularrat noch nie gesehen. Er war sich seines Wertes voll bewußt und maß in Gedanken mit Stolz den Abgrund, der den Handwerker, der nur alte Kleider ausbessert, von dem Künstler scheidet, der neue anfertigt.
Der Mantel war in ein erst vor kurzem gewaschenes Tuch gewickelt, das der Schneider sorgfältig aufknüpfte und wieder zusammenlegte, um es dann in die Tasche zu stekken. Hierauf nahm er stolz den Mantel zwischen beide Hände und legte ihn Akaki Akakjewitsch auf die Schultern. Dann zog er ihn hinten zurecht, um zu sehen, wie er majestätisch in seiner ganzen Länge herabwallte. Endlich wollte er den Eindruck beurteilen, den er in nicht zugeknöpftem Zustande machte. Akaki jedoch wünschte die Ärmel zu probieren, und diese Ärmel saßen wundervoll. Mit einem Wort, der Mantel war tadellos, und der Schnitt ließ nichts zu wünschen übrig.
Indem der Schneider sein Werk betrachtete, verfehlte er nicht zu sagen, daß, wenn er den Mantel für einen so niedrigen Preis gemacht habe, das nur deshalb geschehen sei, weil er bloß eine bescheidene Miete zu bezahlen habe und er Akaki Akakjewitsch seit langer Zeit kenne; dann hob er stolz hervor, daß ein auf dem Newskiprospekt wohnender Schneider mindestens fünfundsechzig Rubel für die An-

fertigung eines solchen Mantels gefordert haben würde. Der Titularrat wollte sich über diesen Gegenstand nicht in eine Debatte mit ihm einlassen. Er bezahlte, dankte ihm und ging dann fort, um sich in sein Büro zu verfügen.
Petrowitsch ging mit ihm hinaus und blieb unten auf der Straße stehen, um ihn so lange wie möglich mit seinem Mantel gehen zu sehen, worauf er dann in aller Hast durch ein Quergäßchen eilte, um den Titularrat noch einmal ins Auge zu fassen.
Mit den angenehmsten Gedanken beschäftigt, begab sich Akaki in sein Büro. Jeden Augenblick fühlte er, daß er ein neues Kleidungsstück auf den Schultern hatte, und lächelte mit süßer Genugtuung in sich hinein.
Zwei Gedanken gingen ihm durch den Kopf: zunächst, daß der Mantel warm, und zweitens, daß er schön war. Ohne auf dem Wege, den er zurücklegte, irgend etwas zu bemerken, schritt er in gerader Linie auf die Kanzlei zu, legte seinen Schatz im Vorzimmer ab, betrachtete ihn von allen Seiten und sah dann den Portier mit einer ganz besonderen Miene an.
Ich weiß nicht, ob sich das Gerücht in den Büros verbreitet hatte, die alte Kapuze habe aufgehört zu existieren. Sämtliche Kollegen eilten herbei, um Akakis prachtvollen Mantel zu prüfen, und begannen ihn in einer Weise zu beglückwünschen, daß er anfangs mit einem Gefühl der Genugtuung lächeln mußte, dann aber in eine gewisse Verlegenheit geriet.
Wie groß war aber seine Überraschung, als seine grausamen Kollegen die Bemerkung machten, Akaki müsse seinen Mantel in feierlicher Weise einweihen und ihnen einen Schmaus geben. Der arme Akaki war so verdutzt und bestürzt, daß er nicht wußte, was er antworten, wie er sich entschuldigen sollte. Errötend stotterte er, das Kleidungsstück sei nicht so neu, wie man vielleicht glaube, es sei ein ganz alter Stoff verwendet.
Da nahm einer seiner Vorgesetzten, der wahrscheinlich beweisen wollte, daß er auf seinen Rang und Titel nicht

allzu stolz sei und es keineswegs verschmähe, mit seinen Unterbeamten zu verkehren, das Wort und sagte: »Meine Herren! Statt unseres Akaki Akakjewitsch werde ich Sie zu einem kleinen Mahl vereinen; ich lade Sie hiermit ein, heut abend bei mir den Tee zu trinken. Es ist heute grade mein Geburtstag.«

Sämtliche Beamten dankten ihrem Vorgesetzten für sein Wohlwollen und nahmen die Einladung freudig an. Akaki wollte ablehnen; aber es wurde ihm gesagt, das wäre eine grobe Unhöflichkeit, ein unverzeihliches Benehmen, und so fügte er sich denn endlich in das Unvermeidliche. Übrigens empfand er eine gewisse Freude bei dem Gedanken, daß sich ihm auf diese Weise Gelegenheit bot, mit seinem neuen Mantel über die Straße zu gehen. Dieser ganze Tag war für ihn ein Festtag. In der glücklichsten Stimmung kehrte er in seine Wohnung zurück, nahm seinen Mantel ab und hängte ihn, nachdem er das Tuch und Futter noch einmal untersucht hatte, an die Wand. Dann suchte er seine alte Kapuze hervor, um sie mit Petrowitschs Meisterwerk zu vergleichen. Seine Blicke schweiften von dem einen Kleidungsstück zum andern, und lächelnd dachte er: »Welch ein Unterschied!«

Fröhlich nahm er sein Mittagessen zu sich, und nach beendeter Mahlzeit setzte er sich nicht hin, um Kopien anzufertigen – nein, er setzte sich wie ein Sybarit auf das Sofa und erwartete den Abend. Dann machte er Toilette, nahm seinen Mantel und ging aus.

Wo der Vorgesetzte wohnte, der in so liberaler Weise seine Unterbeamten zu sich eingeladen, vermag ich nicht zu sagen. Mein Gedächtnis beginnt etwas schwach zu werden, und die unzähligen Straßen und Häuser Petersburgs gehen mir so wirr im Kopf herum, daß ich Mühe habe, mich darin zurechtzufinden. Nur so viel steht fest, daß der ehrenwerte Beamte in einem schönen Viertel unserer Hauptstadt und also sehr weit von Akaki Akakjewitsch wohnte. Anfangs durchschritt der Titularrat mehrere schlecht beleuchtete Straßen, die ganz leer erschienen. Aber je mehr er sich der Wohnung seines Vorgesetzten näherte, um so glänzender, belebter wurden die Straßen; es begegneten ihm unzählige Passanten und elegant gekleidete, schöne Damen und Männer mit Biberkragen. Die Bauernschlitten mit ihren Holzbänken und ihren Bronzeköpfen zeigten sich immer seltener, während er jeden Augenblick gewandte Kutscher mit Samtmützen gewahrte, die lackierte und mit Bärenfellen ausgelegte Schlitten und prachtvolle Wagen lenkten.

Unserm Akaki war ein solches Schauspiel ganz neu. Schon seit vielen Jahren war er abends niemals ausgegangen. Neugierig blieb er vor dem Schaufenster eines Kunsthändlers stehen. Namentlich eines der Bilder zog seine Aufmerksamkeit auf sich. Es stellte eine Frau dar, die ihren Schuh auszog und einen hübschen Fuß zeigte, während ein junger Mann durch eine halbgeöffnete Tür sie beobachtete – ein junger Mann mit großem Schnurr- und Backenbart.

Nachdem Akaki Akakjewitsch dieses französische Bild angesehen hatte, schüttelte er den Kopf und ging lächelnd weiter. Warum lächelte er denn? Weil er ein ihm ganz neues Bild gesehen? Oder glaubte er wie die meisten seiner Kollegen, die Franzosen hätten doch merkwürdige Einfälle? Vielleicht dachte er gar nichts, und kann man dem Menschen ins Herz sehen, um zu entdecken, was er denkt?

Da ist er endlich an dem Hause angekommen, in das man ihn eingeladen. Sein Vorgesetzter wohnt ganz prachtvoll; an seiner Tür befindet sich eine Laterne, und er hat den ganzen zweiten Stock inne. Als Akaki in das Vorzimmer trat, bemerkte er eine lange Reihe von Galoschen; auf einem Tisch rauchte und pfiff eine Teemaschine; an der Wand hingen die Mäntel, von denen mehrere mit Samt- oder Pelzkragen geziert waren. In dem anstoßenden Zimmer hörte er ein wirres Geräusch, das einen etwas bestimmteren Charakter annahm, als ein Diener die Tür öffnete und mit einem Brett voll leerer Tassen, einem Milch-

Nimmt Dinge seiner Umwelt wahr.

topf und einem Biskuitkörbchen herauskam. Augenscheinlich waren die Gäste schon lange anwesend und hatten bereits ihre erste Tasse Tee geleert.
Nachdem Akaki seinen Mantel an einen Haken gehängt, trat er auf das Zimmer zu, in dem seine mit langen Pfeifen bewaffneten Kollegen sich um Spieltische gruppiert hatten und ziemlich viel Lärm machten.
Er trat also ein, blieb jedoch unmittelbar an der Tür stehen, da er nicht wußte, was er anfangen sollte; aber seine Kollegen begrüßten ihn mit lauten Zurufen und eilten in das Vorzimmer, um seinem Mantel zu huldigen. Den wackern Titularrat brachte dieser Auftritt ganz aus der Fassung. Doch freute er sich in seiner Herzenseinfalt über die Lobsprüche, die seinem kostbaren Kleidungsstück gespendet wurden. Bald darauf gaben die Kollegen ihm seine Freiheit wieder und setzten ihre Whistpartien fort.
Die Bewegung, die Aufregung, die lebhafte Unterhaltung beunruhigten das schüchterne Gemüt Akakis im höchsten Grade. Er wußte nicht einmal, was er mit seinen Händen anfangen, wo er sie hinlegen oder -stecken sollte; endlich setzte er sich zu den Spielern, betrachtete bald ihre Gesichter, bald die Karten, bald gähnte er, denn er fühlte, daß der Zeitpunkt schon längst vorüber sei, wo er sich täglich zu Bett legte. Er wollte nach Hause gehen, aber man hielt ihn zurück und erklärte ihm, er könne sich nicht entfernen, ohne wenigstens an diesem für ihn so denkwürdigen Tage ein Glas Champagner getrunken zu haben.
Bald wurde das Abendessen aufgetragen. Es bestand aus kalter Fleischbrühe, kaltem Kalbfleisch, Kuchen und verschiedenem Gebäck, dies alles begleitet von mehreren Flaschen Champagner. Akaki sah sich genötigt, zwei große Gläser dieser prickelnden Flüssigkeit auszutrinken, worauf sich alles um ihn her in einer freundlicheren Gestalt zeigte. Doch konnte er nicht vergessen, daß es schon zwölf Uhr nachts war und daß er sich eigentlich bereits mehrere Stunden in seinem Bett befinden müßte.
Aus Furcht, noch einmal zurückgehalten zu werden,

Ist nicht auf der Basis der Realität

schlüpfte er verstohlen in das Vorzimmer, wo er mit Schmerz seinen Mantel am Boden liegen sah. Sorgfältig schüttelte er ihn, zog ihn an und ging fort.
Draußen brannten noch Lichter. Die kleinen, von Dienern und dem untern Volk besuchten Schenken waren teils noch offen, teils eben erst geschlossen worden. Aber an dem hellen Licht, das an ihren Türen brannte, war leicht zu ersehen, daß sich dort noch Leute befanden – wahrscheinlich sogar Diener und Dienstmädchen, die sich wenig Sorge um ihre Herrschaft machten.
In fröhlicher Gemütsstimmung schlug Akaki Akakjewitsch die Richtung nach Hause ein. Plötzlich bemerkte er, daß er sich in einer langen Straße befand, in der es am Tage und noch mehr des Nachts ganz still war. Alles um ihn herum hatte ein finsteres Aussehen. Nur da und dort eine Laterne, die aus Mangel an Öl zu erlöschen drohte, hölzerne Häuser, Bretterzäune, aber nirgends eine lebende Seele. Bei dem fahlen Scheine dieser halb erloschenen Laternen schimmerte nur noch der Schnee auf der Straße, und trübselig nahmen sich die in Dunkel gehüllten, kleinen Gebäude aus. Er ging auf eine Stelle zu, wo die Straße auf einen ungeheuren Platz mündete, an dessen anderer Seite die Häuser kaum zu sehen waren und der sich wie eine schreckliche Wüste ausnahm.
In der Ferne, Gott weiß wo, schimmerte die Laterne eines Schilderhauses, das ihm am Ende der Welt zu stehen schien. In demselben Augenblick verließ den Titularrat seine freudige Stimmung. Er ging mit beklommener Brust auf die Stelle zu; es war ihm, als drohte ihm ein Unheil. Unterwegs blickte er beständig voll Schrecken um sich. Der trübselige Platz sah ihm aus wie ein wilder Ozean. Nein, dachte er, ich will lieber nicht hinsehen; und nun setzte er seinen Weg gesenkten Blickes fort; als er seine Augen wieder erhob, sah er plötzlich mehrere Männer mit langen Schnurrbärten vor sich, deren Gesichter er nicht zu unterscheiden vermochte. Es ward ihm dunkel vor den Augen, das Herz schnürte sich ihm zusammen.

»Da ist mein Mantel!« schreit einer der Männer und packt Akaki am Kragen.
Akaki will um Hilfe rufen. Ein anderer drückt ihm eine große, knochige Faust auf den Mund und sagt zu ihm: »Versuch's nur zu schreien!«
In demselben Augenblick fühlte der unglückliche Titularrat, daß ihm der Mantel fortgenommen wurde, und zugleich erhielt er einen Fußtritt, daß er bewußtlos in den Schnee fiel.
Einige Augenblicke später kam er wieder zu sich und stand auf; aber kein Mensch war mehr zu sehen. Seines Kleidungsstückes beraubt und ganz durchfroren, begann er aus aller Macht zu schreien, aber sein Rufen vermochte nicht ans Ende des Platzes zu dringen. In einem fort schreiend, lief er mit der Wut der Verzweiflung nach dem Schilderhaus zu dem Wachtsoldaten, der, die Arme auf seine Hellebarde gestützt, ihn schon von weitem fragte, warum zum Teufel er denn einen solchen Höllenlärm mache und so schnell herangelaufen komme.
Als Akaki ihn erreicht hatte, beschuldigte er den Soldaten, er sei betrunken, da er nicht gesehen habe, daß in kurzer Entfernung von seinem Posten die Vorübergehenden geplündert würden.
»Ich habe Sie sehr wohl gesehen«, antwortete der Mann, »mitten auf dem Platz mit zwei Männern, ich glaubte, ihr wäret Freunde. Es hat keinen Zweck, sich so aufzuregen. Gehen Sie morgen zu dem Polizeiinspektor, der wird dann die Sache in die Hand nehmen, nach den Dieben forschen und eine Untersuchung einleiten.«
Was beginnen?
Der unglückliche Titularrat langte in schrecklicher Unordnung in seiner Wohnung wieder an; das Haar hing ihm wirr über die Stirn. Seine Kleider waren mit Schnee bedeckt. Als seine alte Wirtin so ungestüm an die Tür pochen hörte, sprang sie schnell auf und eilte, nur halb angekleidet, herbei, fuhr aber bei Akakis Anblick erschreckt zurück.

Als er ihr erzählt hatte, was geschehen war, schlug sie die Hände zusammen und rief aus: »Nicht an den Polizeiinspektor müssen Sie sich wenden, sondern an den Reviervorstand. Der Inspektor wird Sie mit schönen Worten abspeisen und nichts in der Sache tun. Aber der Reviervorstand – den kenne ich seit langer Zeit. Meine frühere Köchin Anna ist jetzt in seinem Dienst, und ich sehe ihn oft unter unseren Fenstern vorübergehen. Er geht alle Festtage in die Kirche, und man sieht es ihm sofort an, daß er ein braver Mann ist.«

Nach dieser beredten Erzählung zog sich Akaki traurig in sein Zimmer zurück. Wer sich eine solche Lage vorzustellen vermag, wird begreifen, was für eine Nacht er verlebte.

Gleich am andern Morgen begab er sich zu dem Reviervorstand. Es wurde ihm der Bescheid, der Beamte schlafe noch. Gegen zehn Uhr kam er wieder. Der ehrenwerte Beamte schlief immer noch. Gegen zwölf Uhr war er ausgegangen. Um die Essenszeit stellte sich der Titularrat noch einmal vor; aber die Schreiber fragten ihn streng, was für eine Angelegenheit ihn denn zu ihrem Vorgesetzten führe. Da, zum ersten Male in seinem Leben, zeigte Akaki einen energischen Charakter. Er erklärte, er müsse unbedingt den Reviervorstand sprechen, und man möge nur ja nicht versuchen, ihn daran zu verhindern, denn es handle sich um eine offizielle Angelegenheit, und wer sich erkühnen wolle, ihm die geringste Schwierigkeit in den Weg zu legen, dem würde es teuer zu stehen kommen.

Auf eine solche Sprache war nichts zu erwidern. Einer der Schreiber entfernte sich, um ihn seinem Vorgesetzten zu melden. Dieser hörte Akakis Erzählung in etwas seltsamer Weise an. Statt sich an die Hauptsache, das heißt an den Diebstahl, der begangen worden, zu halten, fragte er den Titularrat, wie er dazu komme, sich so spät auf der Straße zu befinden, und ob er nicht in einem verdächtigen Hause gewesen sei.

Durch solche Fragen verblüfft, wußte der Titularrat nicht,

was er antworten sollte, und zog sich wieder zurück, ohne zu wissen, ob in seiner Sache etwas getan würde oder nicht.
Den ganzen Tag war er nicht in seinem Büro gewesen – ein völlig unerhörtes Ereignis in seinem Leben. Am folgenden Tage erschien er dort wieder mit bleichem Gesicht, unruhig in seinem alten Rock, der erbärmlicher denn je aussah. Als seine Kollegen von dem Unglück hörten, das ihn betroffen, waren einige noch grausam genug, darüber zu lachen; die meisten jedoch fühlten ein aufrichtiges Bedauern und veranstalteten eine Subskription zu seinen Gunsten. Allein dieses löbliche Unternehmen hatte nur einen ganz unbedeutenden Erfolg, weil dieselben Beamten erst vor kurzem zu zwei anderen Subskriptionen beigesteuert hatten. In dem einen Fall, um das Porträt ihres Direktors anzuschaffen, und in dem andern, um ein Werk zu erwerben, das ein Freund ihres Chefs veröffentlicht hatte.
Einer von ihnen, der für Akaki aufrichtiges Mitleid empfand, wollte ihm dann in Ermangelung von etwas Besserem einen guten Rat geben. Er sagte ihm, es wäre verlorene Mühe, noch einmal zu dem Reviervorstand zu gehen, weil selbst in dem Falle, daß dieser Beamte so glücklich sein sollte, den Mantel wiederzuerlangen, die Polizei ihn so lange behalten würde, bis der Titularrat unzweideutig bewiesen habe, daß er der wirkliche Eigentümer sei. Er forderte ihn auf, sich an eine gewisse hochstehende Persönlichkeit zu wenden, welche hochstehende Persönlichkeit durch ihre guten Beziehungen die Sache bei den Behörden schneller betreiben könnte.
In seiner Verwirrung entschloß sich Akaki, diesen Rat zu befolgen. Welche Stellung diese Persönlichkeit bekleidete, und wie hoch sie eigentlich stehe, wußte man nicht. Es war weiter nichts bekannt, als daß die Persönlichkeit erst ganz vor kurzem zu ihrem hohen Amte gelangt sei. Soviel stehe ferner fest, daß es noch höhere Persönlichkeiten gebe, da dieser Beamte alle möglichen Hebel in Bewegung setze, um noch höher emporzukommen. So nötigte er andere

Beamte, wenn er sich in sein Kabinett begab, unten an der Treppe auf ihn zu warten, und niemand konnte direkt zu ihm gelangen. Der Kollegiensekretär teilte das Gesuch dem Regierungssekretär mit, der es einem höheren Beamten zustellte, und dieser endlich übergab es der hohen Persönlichkeit selbst.

Das ist der Geschäftsgang in unserem heiligen Rußland. In dem Bestreben, es dem höheren Beamten gleichzutun, äfft jeder die Manieren seiner Vorgesetzten nach. Vor kurzem setzte ein Titularrat, der zum Vorsteher eines kleinen Büros ernannt worden war, sofort über eines seiner Stübchen die Aufschrift: Beratungssaal. Dort befanden sich Diener mit roten Kragen und Stickereien an den Kleidern, um die Bittsteller anzumelden und in den Saal zu führen, der so eng war, daß kaum ein Stuhl darin stehen konnte.

Aber kehren wir zu der hochstehenden Persönlichkeit zurück. Ihr Verfahren war würdevoll imponierend, aber ein wenig verwickelt. Das System ließ sich in ein einziges Wort zusammenfassen: Strenge, Strenge, Strenge. Dieses klangvolle Wort wiederholte er dreimal nacheinander, und das letztemal sah er den, mit dem er's zu tun hatte, durchdringend an. Er hätte es sich vollkommen sparen können, soviel Energie an den Tag zu legen, denn die zehn Beamten, die seinem Befehl zu gehorchen hatten, fürchteten ihn ohnehin schon genug. Sowie sie ihn von fern kommen sahen, beeilten sie sich, ihre Federn hinzulegen, und sprangen herbei, um sich respektvoll dort, wo er vorüberkam, aufzustellen. In den Gesprächen mit seinen Untergebenen beobachtete er eine stolze, erhabene Haltung und sagte kaum etwas anderes als die Worte: »Was wollen Sie? Wissen Sie auch, mit wem Sie reden? Bedenken Sie auch, wer vor Ihnen steht?«

Im übrigen war er ein gutmütiger Mensch, freundlich und liebenswürdig gegen seine Freunde. Nur hatte ihm der Generalstitel den Kopf verdreht. Seit dem Tage, da er ihm beigelegt worden, lebte er den größten Teil des Tages in einer Art Schwindel; bei seinesgleichen jedoch gewann er wieder das Gleichgewicht, und dann ließ sich nicht verkennen, daß es ihm in mehr als einer Beziehung nicht an Liebenswürdigkeit fehlte. Aber sobald er sich in einer Gesellschaft mit einer Persönlichkeit zusammenfand, die einen geringeren Rang bekleidete als er, verschanzte er sich hinter eine strenge Schweigsamkeit, und diese Lage war ihm um so peinlicher, als er sehr wohl fühlte, daß er seine Zeit eigentlich angenehmer verleben konnte.

Allen, die ihn in einem solchen Augenblick beobachteten, war es unzweifelhaft, daß er vor Verlangen brannte, sich an einer interessanten Unterhaltung zu beteiligen, aber die Furcht, irgendwelche unvorsichtige Zuvorkommenheit an den Tag zu legen, zu vertraulich zu erscheinen und dadurch seine Würde schwer zu schädigen, hielt ihn zurück. Um sich einer solchen Gefahr zu entziehen, bewahrte er eine außerordentliche Zurückhaltung und sprach nur von Zeit zu Zeit irgendein einsilbiges Wort. Kurz, er hatte es so weit gebracht, daß man ihn den Langweiligen nannte, und diesen Titel hatte er durchaus verdient.

So war die Persönlichkeit, deren Hilfe der bescheidene Akaki in Anspruch nehmen sollte. Der Augenblick, in dem er seinen Schritt unternahm, schien ganz besonders dazu ausersehen, der Eitelkeit des Generals zu schmeicheln, und mußte doch zugleich der Sache des Titularrats günstig sein.

Die hohe Persönlichkeit befand sich in ihrem Kabinett und plauderte fröhlich mit einem alten Freunde, den er seit mehreren Jahren nicht gesehen hatte, als ihm gemeldet wurde, daß ein Herr Baschmatschkin um die Ehre bitte, bei Seiner Exzellenz vorgelassen zu werden.

»Wer ist der Mann?« fragte die hohe Persönlichkeit in verächtlichem Tone.

»Ein Beamter«, antwortete der Bote.

»Soll warten! Habe jetzt keine Zeit, ihn zu empfangen.«

Der edle Beamte log, es hinderte ihn gar nichts, die verlangte Audienz zu gewähren. Sein Freund und er hatten bereits verschiedene Gesprächsstoffe völlig erschöpft. Schon mehr als einmal waren lange Gesprächspausen eingetreten, in denen sie sich leicht auf die Schultern geklopft mit den Worten: »So also war es, mein Lieber.« – »Jawohl, Stephan.«

Aber der General weigerte sich, den Bittsteller zu empfangen, um seinem Freunde, der den Dienst quittiert hatte und auf dem Lande lebte, seine Bedeutung als General zu beweisen und um ihm zu zeigen, daß die Beamten im Vorzimmer warten müßten, bis es ihm beliebe, sie zu empfangen.

Endlich, nachdem sie noch verschiedene andere Dialoge geführt und noch einige weitere Pausen überstanden hatten, während derer die beiden Freunde sich in ihren Sesseln zurückgelehnt und den Zigarrenrauch in die Luft geblasen hatten, schien der General sich plötzlich zu erinnern, daß man ihn um eine Audienz ersucht habe. Er rief den Sekretär, der mit verschiedenen Papieren an der Tür stand, herbei und befahl ihm, den Bittsteller eintreten zu lassen.

Als er Akaki mit seinem demütigen Gesicht und seiner alten Uniform sich nähern sah, wandte er sich plötzlich nach ihm um und sagte:

»Was wollen Sie?« – und zwar mit sehr strenger Stimme, der er noch einen vibrierenden Klang zu geben suchte, den er sich acht Tage, bevor er seinen pomphaften Generalstitel erhalten, vor seinem Spiegel einexerziert hatte.

Durch diese rauhe Anrede wurde der schüchterne Akaki völlig verblüfft. Doch machte er eine Anstrengung, um wieder einige Haltung zu gewinnen und zu erzählen, wie ihm sein Mantel gestohlen worden, nicht ohne seinen Bericht mit einer Menge Einzelheiten zu überladen. Er fügte hinzu, er wende sich an Seine Exzellenz, in der Hoffnung, daß durch deren wohlwollende Fürsprache bei dem Polizeipräsidenten oder irgendeiner andern hohen Persönlichkeit der Mantel wieder zum Vorschein kommen würde.

Der General fand dieses Verfahren ein wenig unbürokratisch.
»He, mein Herr!« sagte er, »wissen Sie nicht, welche Schritte Sie in einem solchen Falle zu tun haben? Woher kommen Sie denn? Wissen Sie nicht, welchen Geschäftsgang die Dinge nehmen? Sie hätten in der Kanzlei einen Antrag einreichen müssen; der wäre dann in die Hände des Bürovorstehers und hierauf in die des Bürodirektors gelangt, worauf er dann durch meinen Sekretär vorgetragen worden wäre, und mein Sekretär würde Ihnen dann« – –
»Gestatten Sie mir«, versetzte Akaki, eine ungeheure Anstrengung machend, um das Wenige an Geistesgegenwart, das er noch besaß, zu bewahren, denn er fühlte, daß der Schweiß ihm über die Stirn floß, »gestatten mir Ew. Exzellenz die Bemerkung, daß, wenn ich gewagt habe, Sie in dieser Angelegenheit zu belästigen, daß – daß die Sekretäre – – die Sekretäre Leute sind, von denen nichts zu hoffen ist.«
»Was, wie! Ist es möglich!« rief der General. »Wie können Sie eine solche Sprache führen? Wo haben Sie sich solche Vorstellungen angeeignet? Das ist schändlich, junge Leute sich so gegen ihre Vorgesetzten empören zu sehen!«
In seinem Amtseifer bemerkte der General nicht, daß der Titularrat hoch in den Fünfzigern stand und daß ihm das Beiwort jung nur bedingungsweise, das heißt im Vergleich mit einem Manne von etwa siebzig Jahren, zukam. »Wissen Sie auch«, fuhr er fort, »mit wem Sie reden? Bedenken Sie, vor wem Sie hier stehen? Bedenken Sie das? Ich frage Sie, bedenken Sie das?«
Und indem er diese Worte sprach, stampfte er mit dem Fuße, und seine Stimme nahm eine furchtbare Klangfülle an.
Akaki war ganz bestürzt, ja geradezu entsetzt; er zitterte und bebte und vermochte sich kaum aufrechtzuhalten; ohne einen Bürodiener, der ihm zu Hilfe eilte, wäre er zu Boden gefallen, und fast bewußtlos wurde er fortgeschleppt.

Der General jedoch war ganz entzückt über die Wirkung, die er erzielt – sie übertraf alle seine Erwartungen; und voll Genugtuung darüber, daß seine Worte auf einen schon bejahrten Mann einen solchen Eindruck zu machen vermochten, daß er das Bewußtsein verlor, warf er einen Seitenblick auf seinen Freund, um zu sehen, welche Wirkung der Auftritt auf ihn gemacht hatte. Welche Genugtuung empfand er, als er bemerkte, daß sogar sein Freund bewegt war und ihn schüchtern anblickte.

Wie Akaki die Treppe hinuntergelangte und wie er über die Straße schritt, darüber vermochte er sich selbst keine Rechenschaft zu geben, denn er fühlte sich mehr tot als lebendig. In seinem ganzen Leben war er noch nicht von einem General getadelt worden, und noch dazu von einem fremden General.

Er wanderte in dem Sturm, der draußen wütete, dahin, ohne die mindeste Vorsicht zu beobachten, ohne sich auf dem Bürgersteige irgendwie gegen die Unbilden des Wetters zu schützen. Der Wind, der von allen Seiten und aus allen Gäßchen herausblies, entzündete ihm die Kehle. Zu Hause angelangt, war er außerstande, ein Wort zu sprechen. Er legte sich zu Bett. Eine solche Wirkung hatte die Lektion des Generals hervorgebracht.

Am folgenden Tage hatte Akaki ein heftiges Fieber. Dank dem Petersburger Klima entwickelte sich seine Krankheit mit furchtbarer Schnelligkeit. Als der Arzt kam, waren schon alle Heilmittel vergeblich. Nachdem der ehrenwerte Doktor ihm den Puls gefühlt, verordnete er einige Breiumschläge, und zwar lediglich, um ihn nicht ohne die Mitwirkung der Medizin sterben zu lassen, und erklärte zugleich, der Patient habe nur noch zwei Tage zu leben.

Nach diesem Ausspruch sagte er zu Akakis Wirtin:

»Sie haben keine Zeit mehr zu verlieren, bemühen Sie sich um einen Fichtensarg, denn für diesen armen Mann würde ein Sarg aus Eichenholz zu kostspielig werden.«

Ob der Titularrat diese Worte vernahm, ob sie ihn in eine

heftige Erregung versetzten, und ob er sein unglückseliges Dasein beklagte, das hat niemals ein Mensch erfahren, denn er phantasierte beständig. Seltsame Erscheinungen gingen ihm unaufhörlich durch das geschwächte Hirn. Bald sah er sich Petrowitsch gegenüber, und er bat ihn, ihm einen Mantel mit Schlingen für die Diebe zu machen, die ihn in seinem Bette verfolgten; und er bat seine alte Wirtin, die Räuber zu verjagen, die sich unter seiner Decke versteckten. Bald stand er vor dem General, hörte seine strenge Strafrede an und bat seine Exzellenz um Vergebung. Dann wieder verstrickte er sich in so seltsame Reden, daß die brave alte Frau sich entsetzt bekreuzigte. Nie im Leben hatte sie so etwas gehört, und die ungeheuerlichen Phantasien setzten sie um so mehr in Erstaunen, als beständig der Titel Exzellenz darin vorkam. Dann murmelte er wirre, zusammenhanglose Worte, nur daß die Phantasien des armen Kranken sich beständig um einen Mantel drehten.

Endlich hauchte Akaki seinen letzten Seufzer aus. Weder sein Zimmer noch sein Schrank wurden versiegelt, aus dem einfachen Grunde, weil er keinen Erben hatte und nichts anderes zurückließ als ein Bündel Gänsefedern, ein Heft mit weißem Papier, drei Paar Strümpfe, einige Hosenknöpfe und den alten Rock. Wem fiel diese Hinterlassenschaft zu? Gott mag's wissen. Der Verfasser dieser Geschichte hat nie danach geforscht.

Akaki wurde in ein Leichentuch gehüllt und auf dem Friedhofe beigesetzt. Die große Stadt Petersburg lebte ganz in der alten Weise weiter, als hätte er niemals existiert. So verschwand ein menschliches Wesen, das weder Beschützer noch Freunde gehabt, das niemand eine wirkliche, herzliche Teilnahme eingeflößt, das nicht einmal die Neugier der Naturforscher erregt hatte, die doch so eifrig bemüht sind, ein seltenes Insekt auf die Nadel zu spießen, um es mikroskopisch zu untersuchen. Ohne einen Klageton hatte dieses Wesen den Hohn und Spott seiner Kollegen ertragen. Ohne daß ihm ein außerordentliches Ereig-

nis zugestoßen war, war es seinen Weg zum Grabe gewandelt; nur gegen sein Lebensende hatte ein Mantel es in jugendliche Aufregung versetzt, dann hatte das Unglück es zu Boden geschleudert.
Einige Tage nach seiner Unterredung mit dem General schickte sein Vorgesetzter, da niemand in der Kanzlei wußte, was aus ihm geworden, einen Bürobedienten zu ihm mit dem Befehl, sich sofort auf seinen Posten zu begeben. Der Bürobediente kam mit der Nachricht zurück, man würde den Titularrat nie wieder zu sehen bekommen.
»Warum denn nicht?« fragten alle.
»Weil er vor vier Tagen begraben worden ist.«
Auf diese Weise erfuhren Akakis Kollegen seinen Tod. Am folgenden Tage war seine Stelle mit einem Beamten von einer etwas robusteren Natur besetzt, mit einem Manne, der sich nicht so viel Mühe gab, schöne Abschriften von den Akten zu fertigen...

Es hat den Anschein, als sei Akakis Geschichte hier zu Ende und als hätten wir nichts mehr von ihm zu berichten. Allein der bescheidene Titularrat war dazu ausersehen, nach seinem Tode mehr Aufsehen zu machen als während seines Lebens, und jetzt nimmt unsere Erzählung eine phantastische Wendung.
Eines Tages verbreitete sich in Petersburg die Nachricht, in der Nähe der Katinkabrücke erscheine allnächtlich ein Toter in einer Uniform, wie sie die Beamten der Kanzleien trügen, und dieser Tote suche einen gestohlenen Mantel und nähme ohne alle Rücksicht auf Rang und Titel allen Vorübergehenden die Mäntel ab, mit Watte, Nerz, Katzen-, Ottern-, Bären- und Biberfellen gefütterte, kurz alle, deren er habhaft werden könnte. Einer der früheren Kollegen des Titularrats hatte das Gespenst gesehen und Akaki ganz deutlich erkannt. Mit allen Kräften laufend,

war es ihm geglückt, zu entkommen; aber noch von ferne hatte er ihn mit der Faust drohen sehen. Überall hörte man, daß Räte, und zwar nicht bloß Titularräte, sondern auch Staatsräte, sich eine bedenkliche Erkältung zugezogen hätten, infolge des an ihren ehrenwerten Schultern begangenen Raubes.
Die Polizei traf alle möglichen Maßregeln, um das Gespenst tot oder lebendig in ihre Gewalt zu bekommen und ihm eine exemplarische Strafe aufzuerlegen; aber alle Versuche waren vergebens.
Eines Abends jedoch glückte es einem Wachtsoldaten, sich des Übeltäters in dem Augenblick zu bemächtigen, da er einem Musikanten den Mantel wegnehmen wollte. Der Posten ruft sofort zwei Kameraden herbei, denen er den Gefangenen anvertraut, während er seine Tabaksdose sucht, um ihm die halberfrorene Nase wieder zu beleben. Wahrscheinlich war sein Tabak so stark, daß selbst ein Toter den Geruch nicht zu ertragen vermochte. Kaum hatte er seinen Nüstern einige Körnchen anvertraut, als der Gefangene mit solcher Macht zu niesen begann, daß eine Art Nebel die Augen der Wachtsoldaten verhüllte. Während die drei sich die Augenlider rieben, verschwand der Gefangene. Seit diesem Tage hatten alle Wachtsoldaten einen solchen Schrecken vor dem Toten, daß sie nicht einmal mehr die Lebenden zu arretieren wagten und ihnen schon von weitem zuschrien: Geht weiter, weiter!
Das Gespenst ging bis jenseits der Katinkabrücke, um seine nächtlichen Räubereien fortzusetzen, und verbreitete in dem ganzen Viertel Schrecken und Entsetzen.
Allein jetzt müssen wir zu dem General zurückkehren, der die ursprüngliche Veranlassung unserer phantastischen und doch so wahrhaftigen Geschichte ist. Zunächst müssen wir ihm die Gerechtigkeit widerfahren lassen, daß ihn nach Akakis Fortgehen ein gewisses Mitleid überkam. Das Gerechtigkeitsgefühl war seinem Herzen keineswegs fremd – nein, er hatte sogar verschiedene gute Eigenschaften, nur daß die Vernarrtheit in seinen Titel ihn verhinder-

Keine Widersprüche

te, sich von seiner guten Seite zu zeigen. Als sein Freund ihn verlassen, beschäftigten sich seine Gedanken mit dem unglücklichen Titularrat, und von diesem Augenblick an sah er ihn fortwährend, niedergebeugt durch den strengen Verweis, den er ihm erteilt hatte. Dieses Bild verfolgte ihn derart, daß er endlich eines Tags einen seiner Beamten beauftragte, sich zu erkundigen, was aus Akaki geworden und ob man noch etwas für ihn tun könne.
Als der Bote mit der Meldung zurückkehrte, der arme Beamte sei fast unmittelbar nach seiner Audienz gestorben, da empfand der General den Stachel der Gewissensbisse, und den ganzen Tag blieb er in finstere Grübelei versunken.
Um seine unangenehmen Empfindungen loszuwerden, begab er sich gegen Abend in das Haus eines Freundes, wo er eine angenehme Gesellschaft und, was die Hauptsache war, auch einige andere Personen als nur Beamte seines Ranges zu finden hoffte, so daß er sich nicht geniert zu fühlen brauchte.
Und in der Tat fühlte er sich dort bald von allen melancholischen Gedanken befreit; er wurde lebhaft, er taute auf, mischte sich ohne weiteres in die Unterhaltung und verbrachte einen sehr schönen Abend.
Beim Essen trank er zwei Glas Champagner, was, wie jedermann weiß, ein ziemlich wirksames Mittel ist, um wieder in heitere Stimmung zu kommen. Unter dem Einfluß des prickelnden Getränks kam ihm der Gedanke, nicht sofort nach Hause zurückzukehren, sondern einer Dame von deutscher Herkunft, namens Karoline Bengel, zu der er zärtliche Beziehungen unterhielt, einen Besuch zu machen.
Ich muß hier hervorheben, daß der imponierende General nicht mehr jung war, ja daß man ihn sogar als einen musterhaften Gatten und ehrenwerten Familienvater betrachtete. Zwei Söhne, von denen der eine bereits in einem Ministerialbüro arbeitete, und eine Tochter von sechzehn Jahren mit einem hakenförmigen Näschen, im übrigen je-

doch recht hübsch, kamen jeden Morgen zu ihm in sein Zimmer, um ihm die Hand zu küssen und ihm einen guten Morgen zu wünschen.
Seine Frau, die noch eine schöne glänzende Erscheinung war, reichte ihm erst ihre Hand zum Kuß, dann ergriff sie die seine, um sie an ihre Lippen zu drücken. Obwohl er sich in seinen häuslichen Banden sehr glücklich fühlte, glaubte er doch noch in einem anderen Stadtviertel ein zweites zärtliches Band unterhalten zu müssen. Die Frau, der er seinen Überfluß an Zärtlichkeit anbot, war weder liebenswürdiger noch jünger als seine eigene; aber so sind die Rätsel dieses Lebens... Wir wollen hier nicht den Versuch machen, sie zu lösen.
Der General schritt also die Treppe hinab, warf sich in seinen Schlitten und sagte zu dem Diener:
»Zu Karoline Bengel.«
Sorgfältig in seinen Mantel gehüllt, machte er seinen Besuch in der besten Stimmung, in die ein Russe sich hineinzudenken vermag – in jener Stimmung, in der der Geist sich leicht in einem Kreise von Gedanken bewegt, von denen der eine immer angenehmer ist als der andere und die sich alle ganz ungesucht von selbst bieten. Er dachte an die Abendgesellschaft, in der er einige Stunden so angenehm verlebt, an all die treffenden Worte, durch die er die Gesellschaft in Lachen versetzt hatte. Einige davon wiederholte er sich mit halblauter Stimme und lachte noch einmal darüber.
Von Zeit zu Zeit jedoch ward er in seiner glücklichen Stimmung durch einen heftigen Windstoß gestört, der ihn plötzlich aus irgendeiner Ecke her überfiel und ihm einen Haufen Schneeflocken ins Gesicht schleuderte, ihm in die Falten seines Mantels drang und diesen wie ein Segel aufblähte, so daß er genötigt war, alle Kräfte anzuwenden, um ihn auf den Schultern festzuhalten.
Plötzlich fühlt er, wie eine mächtige Faust ihn kräftig am Kragen packt. Er wendet sich um, gewahrt ein kleines Männchen in einer alten Uniform und erkennt mit Entset-

zen Akakis Gesicht – und dieses Gesicht war so bleich und eingefallen wie das eines Toten.
Der Titularrat öffnet den Mund und haucht eine Art Leichengeruch aus; und in demselben Augenblick hört der General mit unaussprechlichem Schaudern die Worte: »Endlich habe ich dich!... So kann ich dich denn am Kragen packen... ich muß deinen Mantel haben... du hast dich nicht um mich gekümmert, da ich in Not war, ja du glaubtest mir noch Verweise geben zu müssen... Jetzt gib mir mal deinen Mantel her.«
Das versetzte dem hohen Würdenträger den Atem. In seinen Büros und namentlich seinen Untergebenen gegenüber war er ein Mann von imposanter Erscheinung – er brauchte nur die Augen auf einen Subalternbeamten zu heften, und alles um ihn herum rief: »Welch ein hoher, vornehmer Beamter!«
Aber wie viele hochmütige Beamte, hatte er vom Helden nur den äußeren Schein, und in diesem Augenblick befand er sich in solcher Aufregung, daß er ernstlich für seine Gesundheit fürchtete.
Mit fieberhafter, zitternder Hand nahm er in eigner Person seinen Mantel ab und rief seinem Kutscher zu: »Nach Hause – schnell nach Hause!«
Als der Kutscher die Stimme hörte, die gar nicht klang wie sonst und die sehr oft von Peitschenhieben begleitet war, neigte er vorsichtig den Kopf und ließ seinen Schlitten wie einen Pfeil dahinfliegen. Kurz darauf befand sich der General in seinem Hausflur. Statt sich zu Karoline Bengel zu begeben, zog er sich in sein Zimmer zurück, ohne Mantel, mit bleichem Gesicht, wilden Blicken, und hatte eine so aufgeregte Nacht, daß am folgenden Morgen seine Tochter ausrief: »Aber Papa, bist du denn krank?«
Allein er sagte kein Wort, weder von dem, was er gesehen, noch von dem Hause, das er hatte besuchen wollen. Das Ereignis machte einen sehr starken Eindruck auf ihn. Von diesem Tage an richtete er an seine Beamten nicht mehr die heftige Anrede:

»Wissen Sie auch, mit wem Sie sprechen? Wissen Sie auch, wer vor Ihnen steht?«
Oder wenn es ihm doch einmal begegnete, in gebieterischem Tone mit ihnen zu sprechen, geschah es doch wenigstens erst, nachdem er ihre Bitte ganz angehört hatte. –
Und seltsam! Von diesem Tage an ließ sich das Gespenst nicht mehr sehen. Vermutlich war es nur der Mantel des Generals, den es so eifrig gesucht hatte; nun hatte es ihn, und es verlangte weiter nichts. Verschiedene Personen behaupteten jedoch, dieser schreckliche Tote lasse sich auch noch in anderen Stadtvierteln sehen... Ein Wachtposten hatte mit eigenen Augen das Gespenst aus einem Hause hervortreten sehen. Allein dieser Wachtposten war eine so ängstliche Natur, daß die Leute sich wegen seiner Furcht schon mehr als einmal über ihn lustig gemacht hatten. Da er es nicht wagte, den fliehenden Schatten, den er an sich vorüberhuschen sah, festzuhalten, glitt er selbst in der Dunkelheit hinter ihm her. Plötzlich wandte der Schatten sich um und schrie ihn an: Was willst du? wobei er ihm eine Faust zeigte, wie kein lebender Mensch je eine solche besessen hat.
»Ich will nichts!« antwortete der Wachtposten und zog sich schleunigst zurück.
Dieser Schatten jedoch war größer als der des Titularrats und trug einen ungeheuren Schnurrbart. Er ging mit großen Schritten auf die Obuchoffsche Brücke zu und verschwand dann in der nächtlichen Dunkelheit.

Aufzeichnungen eines Verrückten

Den 3. Oktober

Am heutigen Tage trug sich ein ungewöhnliches Ereignis zu. Ich stand morgens recht spät auf, denn erst als mir Mawra die geputzten Stiefel hereintrug, fragte ich, wieviel Uhr es sei. Als ich hörte, daß es schon lange zehn geschlagen, beeilte ich mich, mich schleunigst anzuziehen. Ich gestehe, ich wäre gar nicht erst ins Departement gegangen, wußte ich doch von vornherein, welch eine saure Miene unser Abteilungschef ziehen würde. Schon seit geraumer Zeit sagt er mir nämlich immer: »Was du beständig für dummes Zeug im Kopf hast, Brüderchen. Manchmal läufst du umher wie ein Toller, und deine Akten bringst du so durcheinander, daß der Satan selber sich nicht mehr auskennt, Titel schreibst du mit kleinen Buchstaben und setzst weder Datum her noch Aktenzeichen.« Verwünschter Schnüffler! Wahrscheinlich beneidet er mich, weil ich im Kabinett des Direktors sitzen darf und Federn für seine Ex'lenz schneiden darf. Mit einem Wort, ich wäre nicht ins Departement gegangen, wenn mich nicht die Hoffnung getrieben hätte, den Schatzmeister dort anzutreffen und vielleicht doch noch von diesem Geizkragen eine Vorauszahlung auf mein Gehalt zu erbetteln. Das ist mir ein Geschöpf! Daß er jemals mit dem Geld für einen ganzen Monat herausrücken würde – Herr, mein Gott, eher bräche der Tag des Jüngsten Gerichtes an. Du kannst bitten, bis du platzst, du kannst versuchen, ihn noch so sehr mit einem Notstand zu rühren – der graue Teufel rückt mit nichts heraus. Und dabei erhält er in seiner Wohnung von seiner eigenen Köchin Backpfeifen. Das ist der ganzen Welt bekannt. Ich begreife nicht, welche Vorteile es haben soll, in einem Departement zu dienen. Nicht die geringsten Entwicklungsmöglichkeiten. In der

Gouvernementsverwaltung, im Zivilgerichtshof und im Kameralhof – das ist ganz was anderes: da sieht man manch einen in seinem Winkel hocken und schreiben. Sein Frack ist völlig unansehnlich, seine Visage ist so beschaffen, daß man auf ihn spucken möchte, indes schau an, in was für einer Villa der zur Miete wohnt! Eine vergoldete Porzellantasse darf man dem gar nicht erst anbieten: »Das«, sagt er dann, »das ist ein Geschenk für Ärzte«; ihm muß man mit einem Paar Traber kommen oder mit einer Kutsche, oder mit einem Biberpelz für dreihundert Rubel. Dem Anschein nach ein ganz stilles Wasser, und sprechen tut er sogar voller Zartgefühl: »Bitte borgen Sie mir doch Ihr Messerchen, das Federchen zu spitzen«, und ist dabei imstande, einen so auszunehmen, daß dem Bittsteller gerade noch das Hemd bleibt. Es ist andererseits freilich wahr, unser Dienst ist dafür recht vornehm, in allem herrscht die größte Sauberkeit, wie man sie in einer Gouvernementsverwaltung nie und nimmer antreffen kann: die Tische sind aus Mahagoni und die Vorgesetzten sagen einem alle Sie. Allein ich gestehe, wenn nicht diese Vornehmheit des Dienstes wäre, ich hätte längst den Dienst im Departement quittiert.

Ich zog meinen alten Mantel an und nahm einen Regenschirm, denn draußen goß es nur so. Auf der Straße war niemand zu gewahren; nichts als Weiber waren dort, die sich mit ihren Rockschößen zudeckten und höchstens noch russische Kaufleute mit Regenschirmen und ab und zu Kutscher. An Wohlgebornen sah ich nur unsereinen, die Beamten. An einer Straßenkreuzung stand einer. Als ich seiner gewahr wurde, sagte ich mir gleich: »Ehe! nein, mein Täubchen, du gehst nicht ins Departement, sondern läufst jener nach, die dort vorn eilt und du schaust auf ihre Füßchen.« Was wir Beamte doch für Bestien sind! Bei Gott, wir stehen keinem Offizier nach: kaum, daß irgendeine im Hut vorbeigeht, wir sprechen sie sofort an. Als ich das dachte, sah ich, wie ein Wagen vor dem Laden, an dem ich gerade vorbeischritt, vorfuhr. Ich erkannte ihn gleich:

Keine Beobachtungen v
wobei das Gefühl im Vorder

Schizophrenie.

es war die Kalesche unseres Direktors. Und schon überlegte ich, da er nichts im Laden zu suchen habe, wäre das bestimmt seine Tochter. So preßte ich mich an die Wand. Der Lakai öffnete den Wagenschlag, und alsbald flatterte sie aus dem Wagen wie ein Vöglein. Wie reizend sie nach rechts und nach links blickte, wie hübsch bewegten sich ihre Augen, wie schnell zuckten die Augenbrauen. Herr, mein Gott! ich bin verloren, ganz und gar verloren. Und warum fährt sie bloß bei so einem Regenwetter aus? Und da will wer behaupten, die Leidenschaft der Weiber für solche Fetzen wäre nicht groß. Sie erkannte mich nicht, denn ich gab mir absichtlich die größte Mühe, mich in meinen Mantel völlig einzuhüllen; weil ich ja den alten Mantel trug, der schmutzig und von unmodernem Schnitt ist. Jetzt trägt man Mäntel mit langem Mantelkragen, meiner dagegen ist mit kurzen, übereinanderliegenden Krägen; außerdem ist das Tuch absolut nicht dekatiert. Ihr Hündchen, dem es nicht gelungen war, durch die Ladentür zu schlüpfen, blieb auf der Straße. Ich kenne das Hündchen. Man ruft es: Maggie. Noch war keine Minute verstrichen, da hörte ich plötzlich ein feines Stimmchen: »Grüß dich, Maggie!« Na so was! wer sprach denn da? Ich drehte mich um und gewahrte zwei Damen, die unter dem Schutz eines Regenschirms schritten: die eine war eine alte Frau, die andere noch jung; allein sie waren bereits an mir vorüber, da vernahm ich neben mir aufs neue: »Solltest dich was schamen, Maggie!« Was zum Teufel war das wieder! Ich bemerkte, daß Maggie sich mit einem Hündchen, das hinter den Damen herlief, beschnüffelte. »He!« sagte ich da zu mir selber, »sollte ich vielleicht gar betrunken sein? Mir scheint jedoch, daß mir so was nur sehr selten zustößt.« – »Nein, Fidèle, das denkst du zu unrecht« – und dabei sah ich selber mit an, daß Maggie dies äußerte: »Ich war, haw! haw! ich war, haw! haw! sehr krank gewesen.« Ach, du mein Hündchen, du! Ich gestehe, ich wunderte mich sehr, da ich die beiden so auf Menschenweise sprechen hörte. Als ich jedoch hernach mir das alles durch

außen, sondern von innen,
und steht.

den Kopf gehen ließ, hörte ich auf, mich zu wundern. Denn wahrhaftig, es hat schon mehrfach ähnliche Beispiele auf der Welt gegeben. Man erzählt, in England sei ein Fisch an den Strand geschwommen, der zwei Worte in einer so sonderbaren Sprache geäußert habe, daß die Gelehrten schon seit drei Jahren sich bemühen, die festzustellen, und bis heute habe noch keiner das Richtige entdeckt. Ich habe in Zeitungen auch schon von zwei Kühen gelesen, die in einen Laden kamen und dort ein Pfund Tee haben wollten. Doch ich gestehe, daß ich mich noch mehr wundern mußte, als Maggie hierauf sagte: »Ich habe dir doch geschrieben, Fidèle, Nero hat sicher meinen Brief nicht zu dir getragen!« Mein Gehalt will ich nicht mehr einstreichen! in meinem Leben habe ich noch nicht gehört, daß ein Hund schreiben könne. Ordentlich schreiben kann doch nur ein Edelmann. Es ist zwar richtig, es gibt auch gewisse Kaufleute, die in Kontoren herumsitzen, und sogar leibeigenes Volk gibt es, das zuweilen zu schreiben versteht; ihr Schreiben indes ist eigentlich mehr ein mechanischer Vorgang: weder Kommas noch Punkte gibt es dabei, noch gar einen Stil.

Das wunderte mich also. Ich muß zwar eingestehen, daß ich seit einiger Zeit manchmal Dinge zu hören und zu sehen begonnen habe, die noch keiner zuvor erblickt oder vernommen. So will ich mal, sprach ich zu mir, hinter diesem Hündlein hergehen und zu erfahren suchen, wie es beschaffen ist und woran es denkt. Ich spannte meinen Schirm auf und schritt hinter den zwei Damen her. Wir kamen in die Gorochowaja, bogen dann in die Meschtschanskaja ein und von dort gerieten wir auf die Stoljarnaja, von wo es zur Kokuschkin-Brücke ging, und dort hielten wir vor einem großen Hause. Das Haus kenne ich, sprach ich zu mir. Das ist Swerkows Haus. Ein Riesending! Was alles an Leuten darin lebt: wieviel allein an Köchinnen, wieviel Polen! und wieviel an unsereinem, wieviel Beamte mögen dort wie Heringe aufeinander gequetscht leben? Dort haust auch ein Freund von mir, der

Wenn er sich nicht auf der realen Ebene bewegen kann, ist er verrückt.

vortrefflich das Horn bläst. Die Damen begaben sich zum fünften Stock hinauf. Schon gut, überlegte ich, jetzt werde ich nicht hingehen, ich will mir jedoch den Ort merken und bei der ersten Gelegenheit nicht versäumen, Nutzen daraus zu ziehen.

Den 4. Oktober

Heute ist Mittwoch, und somit arbeite ich bei unserem Chef im Kabinett. Ich kam mit Absicht möglichst früh und schnitt, nachdem ich mich eingerichtet, alle Federn zu. Unser Direktor muß ein sehr gescheiter Mann sein. Sein ganzes Kabinett steht voller Schränke mit Büchern. Ich las die Rückentitel von einigen: alles Gelehrtheit, solch eine Gelehrtheit, daß unsereiner da gar nicht mitkommt: alles entweder auf französisch oder auf deutsch. Und wenn man ihm erst ins Gesicht blickt: pfui doch, wieviel Würde ihm aus den Augen schaut. Ich habe noch nie gehört, daß er ein übriges Wort gesprochen hätte. Das höchste ist, wenn man ihm ein Papier vorlegt, daß er fragt: »Wie schaut's draußen aus?« – »Naß, Euer Exzellenz!« Ja, der ist nicht unseresgleichen! Ist ein Staatsmann. Ich habe übrigens schon gemerkt, daß er mich besonders gern mag. Wenn doch auch sein Töchterchen ... ach, Schweinerei! ... Nichts weiter, nichts mehr, Schweigen! – Ich las die »Biene«. Ein dummes Volk, diese Franzosen! Nun, was wollen sie nur? Bei Gott, ich könnte sie alle hernehmen und sie alle miteinander mit Ruten züchtigen! Dortselbst las ich auch die angenehme Darstellung eines Balles, geschrieben von einem Gutsbesitzer aus Kursk. Die kurskischen Gutsbesitzer verstehen zu schreiben. Gleich danach bemerkte ich, daß es schon halb ein Uhr geschlagen habe, der unsrige jedoch war noch nicht aus seinem Schlafzimmer gekommen. Als es dann aber gegen halb zwei war, kam es zu einem Ereignis, das keine Feder zu beschreiben vermöchte. Die Tür öffnete sich, ich dachte, es sei der Di-

Der Erzähler zwingt den Leser verrückt zu werden

rektor und sprang mit meinen Papieren vom Stuhl auf; allein es war sie, sie selber war es! Ihr Heiligen, wie war sie gekleidet! Das Gewand, das sie trug, war weiß wie ein Schwan: pfui, wie prachtvoll! und wie sie blickte: wie die Sonne, bei Gott, genau wie die Sonne! Sie grüßte und fragte: »War Papa vielleicht hier?« Ai, ai, ai! welch eine Stimme! Ein Kanarienvogel, wahr und wahrhaftig, ein Kanarienvogel! Euer Exzellenz! wollte ich da eigentlich sprechen, befehlen Sie nicht, mich hinzurichten, wenn Sie mich jedoch hinrichten lassen wollen, so richten Sie mich mit Ihren eigenen Generalshändchen hin. Indes hol's der Teufel, meine Zunge versagte mir den Dienst und so entgegnete ich nur: »Zu Befehl, nein.« Sie blickte mich an, sie sah auf die Bücher und ließ ihr Tüchlein fallen. Ich warf mich Hals über Kopf darauf, stolperte auf dem verwünschten Parkett und hätte mir fast die Nase gebrochen, allein ich hielt mich noch gerade auf den Füßen und packte das Tüchlein. Ihr Heiligen, welch ein Tüchlein! So was Feines und Batistenes – und ein Ambra, ein vollkommenes Ambra! das duftete geradezu nach Generalität. Sie dankte mir und lächelte ein ganz klein wenig, so daß ihre zuckernen Lippchen sich nur leicht verzogen, und ging. Ich saß dann noch eine Stunde, als plötzlich der Lakai kam und sagte: »Gehen Sie nach Hause, Aksentij Iwanowitsch, der gnädige Herr ist bereits fortgefahren.« Ich kann Lakaiengesellschaft nicht ausstehen: ewig machen die sich in den Vorzimmern breit und nicken nicht einmal mit dem Kopf zum Gruß. Und nicht genug damit: einmal hat eine der Bestien sich erkühnt, mich, ohne dabei aufzustehen, mit Tabak bewirten zu wollen. Ja, weißt du denn nicht, du dummer Sklave, daß ich ein Beamter bin und von adliger Herkunft? Allein ich nahm meinen Hut und zog mir selber den Mantel an, weil diese Herrschaften ihn ja doch niemals reichen, und ging. Zu Hause lag ich meistens auf dem Bett. Dann schrieb ich einige sehr gute Verse ab: »Schatz, warst fern mir eine Stunde, / Und ich dacht, es sei ein Jahr; / Ward mir selber feind zur Stunde, / Nicht mehr leben wollt ich gar.« Wahrscheinlich ein Produkt von Puschkin. Abends hüllte ich mich in meinen Mantel und begab mich zur Freitreppe Seiner Exzellenz und wartete dort lange, ob niemand herauskommen würde, in den Wagen zu steigen, um noch einmal den Anblick zu genießen – aber nein, sie kam nicht heraus.

Den 6. November

Der Abteilungschef hat mich geärgert. Als ich ins Departement kam, rief er mich heran und begann mit mir zu sprechen wie folgt: »Nun sag mir, bitte, was stellst du eigentlich an?« – »Wie was? Ich stelle überhaupt nichts an«, entgegnete ich. – »Nun, so überlege doch einmal! Du bist ja bereits über vierzig – da könntest du endlich vernünftig werden. Was bildest du dir eigentlich ein? Meinst gar, ich kennte deine Streiche nicht? Du steigst doch der Tochter unseres Direktors nach! So denk doch nur nach, denk über dich nach, überleg mal, wer du bist? Du bist doch nichts als eine Null, du bist weniger als nichts. Du besitzst keinen roten Heller. So betrachte doch nur dein Gesicht einmal im Spiegel, wie kannst du nur an so was denken!« Das soll doch der Teufel holen, weil sein Gesicht ein wenig einem Apothekerflakon gleicht und weil auf seinem Kopf ein Haarbüschel zu einem Schopf gekräuselt nach oben steht und weil er das mit irgendeiner Rosette anschmiert, da meint er schon, daß er allein das Recht habe, alles zu tun. Ich verstehe schon, verstehe, warum er so wütend auf mich ist. Er beneidet mich; er hat vielleicht wahrgenommen, welche Zeichen des Wohlwollens mir vorzugsweise erwiesen werden. Aber ich pfeife auf ihn! Wichtigkeit, so ein kleiner Hofrat! Hat an seine Taschenuhr eine goldene Kette gehängt und bestellt Stiefel um dreißig Rubel – der Teufel möge ihn holen! Stamme denn ich etwa von kleinen Leuten ab, von Schneidern oder von Unteroffizierskindern? Ich bin ein Edelmann. Und warum sollte ich mich schließlich nicht auch hinaufdienen können? Ich bin erst zweiundvierzig Jahre alt – das ist die Zeit, in der in Wirklichkeit erst der Dienst beginnt. Wart's ab, Freundchen! Auch wir werden einmal ein Oberst geworden sein und wenn Gott will vielleicht sogar noch ein wenig mehr als das. Auch wir werden uns einen Ruf verschaffen, noch besser vielleicht als der deine. Hast du dir etwa in den Kopf gesetzt, daß es außer dir keinerlei rechtschaffene Leute mehr gäbe? Gebt mir einen Frack vom ersten Schneider, nach der neuesten Mode zugeschnitten, und wenn ich mir dann eine Halsbinde dazu umlege, genau wie die deine – dann bist du nicht imstande, mir die Schuhbänder aufzubinden. Das Unglück ist nur, daß ich keinerlei Reserven besitze.

Den 8. November

War im Theater. Sie gaben den russischen Dummkopf Filatka. Sehr gelacht. Es wurde noch ein Vaudeville mit spaßhaften Versen über die Advokaten gegeben, zumal über einen gewissen Kollegien-Registrator, beide recht frei geschrieben, so daß ich mich wundern mußte, wie die Zensur das durchgelassen hat; von den Kaufleuten wurde direkt gesagt, daß sie das Volk betrügen und daß ihre Söhne ausschweifend leben und in einem fort Edelleute zu spielen versuchen. Über die Journalisten gab es ebenfalls ein sehr spaßiges Couplet: daß sie alles zu tadeln lieben und daß der Verfasser das Publikum bitte, ihn zu verteidigen. Sehr spaßhafte Sachen werden heuer von den Skribenten geschrieben. Ich liebe es, ins Theater zu gehn. Sobald ich einen überflüssigen Groschen im Beutel habe – da bin ich nicht zu halten und muß gehen. Und doch gibt es unter meinen Kollegen, den Beamten, schreckliche Schweine: Bauern, die absolut nie ins Theater gehen mögen; höchstens, wenn man ihnen ein Freibillett schenkt. Eine der Schauspielerinnen sang schon sehr gut. Da mußte ich an jene denken... ach, Schweinerei!... nichts mehr, nicht weiter... Schweigen.

Den 9. November

Um acht Uhr begab ich mich ins Departement. Der Abteilungsleiter tat so, als hätte er mein Kommen nicht bemerkt. Ich meinerseits stellte mich ebenfalls so, als wenn zwischen uns nichts gewesen wäre. Ich sah einige Papiere durch und kollationierte sie. Ich ging um vier Uhr. Ich schritt an der Wohnung des Direktors vorüber, doch da war niemand zu sehen. Nach dem Mittagessen lag ich die meiste Zeit auf dem Bett.

Den 11. November

Saß heute im Kabinett unseres Direktors und schnitt für ihn dreiundzwanzig Federn zurecht und für sie, ach! ach... für Ihre Exzellenz vier Federn. Er liebt es sehr, wenn recht viel Federn bereit liegen. O je! was das für ein Kopf sein muß! Er schweigt zwar immer, doch meine ich, in seinem Kopf, da urteilt er über alles. Ich würde gar zu gern wissen, worüber er am meisten nachzudenken pflegt; und was alles sich in seinem Kopf anspinnt. Ich würde gern das Leben dieser Herrschaften näher betrachten dürfen, all ihre Zweideutigkeiten und ihre Hofspäße und wie sie sind und was sie in ihren Kreisen treiben – ja das würde ich gern erfahren! Ich beabsichtigte, mehrere Male ein Gespräch mit Seiner Ex'lenz zu beginnen, nur, hol's der Teufel, die Zunge will da nicht recht parieren: gerade, daß man zu äußern vermag, ob es draußen kalt oder warm, mehr zu sprechen will absolut nicht gelingen. Ich wollte auch gern einmal in den Salon hineinschauen, wohin man manchmal durch die offene Tür sehen kann, und durch den Salon in ein weiteres Zimmer. Oh, welch eine reiche Einrichtung!

Was für Spiegel und Porzellan. Und wie gern würde ich auch dort hineinschauen, in jene Hälfte, wo Ihre Ex'lenz wohnt, allzugern würde ich das! In ihr Boudoir, und wie dort alle diese Büchschen und Gläschen herumstehen, allerlei Blumen, die man nicht einmal anzuhauchen wagt, wo ihre abgelegten Kleider umherliegen, die mehr nach Luft aussehen als nach Kleidung. Und wie gerne würde ich auch in ihr Schlafgemach hineinschauen... denn ich meine, daß dort geradezu Wunder zu sehen sein müssen, ich glaube, daß dort ein Paradies ist, wie es auch im Himmel nicht zu finden sein mag. Wie gern würde ich das Bänkchen anschauen, auf das sie, wenn sie aus dem Bett steigt, das Füßchen setzt, und sehen möchte ich, wie sie auf dieses Füßchen den Strumpf streift, weiß wie Schnee, ach! ach! ach! nicht mehr, nicht weiter... Schweigen.
Heute indes erleuchtete mich plötzlich gewissermaßen ein Licht, ich erinnerte mich des Gesprächs der beiden Hündchen, das ich auf dem Newskij Prospekt vernommen habe. Schon gut, überlegte ich, jetzt werde ich alles in Erfahrung bringen! Ich muß mich der Korrespondenz bemächtigen, die diese zwei lächerlichen Hündchen miteinander geführt haben. Aus der werde ich sicher manches erfahren. Die Wahrheit zu sagen, ich habe sogar einmal die Maggie herangelockt und zu ihr gesprochen: »Paß mal auf, Maggie, wir sind doch jetzt allein, und wenn du willst, kann ich die Tür schließen, so daß niemand was sehen wird, erzähl mir nur alles, was du vom Fräulein weißt, wie sie ist und was sie tut. Ich will dir schwören, daß ich es niemand entdekken werde.« Doch das schlaue Hündchen zog den Schwanz ein, machte sich zweimal so klein, als es in Wahrheit ist, und lief leise durch die Türe, als wenn es nichts vernommen hätte. Ich nähre schon längst den Verdacht, daß Hunde weitaus klüger sind als Menschen; zuweilen war ich sogar davon überzeugt, daß Hunde sprechen können und daß sie nur ein gewisser Eigensinn daran hindere. Der Hund ist ungewöhnlich politisch: er bemerkt alles, er kennt jeden Schritt des Menschen. Nein, koste es was es

wolle, morgen begebe ich mich zum Hause Swerkows und werde Fidèle ins Verhör nehmen, und außerdem werde ich, wenn es mir gelingt, die ganzen Briefe an mich nehmen, die zwischen ihr und Maggie gewechselt wurden.

Den 12. November

Ging um zwei Uhr nachmittags fort, um unbedingt Fidèle zu sehen und auszufragen. Nicht ums Verrecken kann ich Kohl ausstehen, dessen Geruch aus allen Hökerläden in der Meschtschanskaja dringt; und es quoll aus den Torwegen eines jeden Hauses solch eine Hölle hervor, daß ich mir die Nase zuhalten mußte und so schnell als möglich lief. Außerdem lassen die Halunken von Handwerkern so viel Rauch und Ruß aus ihren Werkstätten, daß ein wohlgeborner Mensch hier absolut nicht spazierengehen kann. Als ich zum sechsten Stockwerk emporgeklettert war und die Glocke zog, kam ein Mädchen heraus, recht freundlich anzusehen, mit kleinen Sommersprossen. Ich erkannte sie. Sie war die gleiche, die damals mit der alten Frau gegangen war. Sie errötete ein wenig und ich kapierte sogleich: du, mein Täubchen, hast einen Schatz im Sinn. »Was wünschen Sie?« fragte sie. »Ich muß mit Ihrem Hündchen sprechen.« Wie dumm doch das Mädchen war! Ich begriff sofort, daß sie dumm war! Gleichzeitig kam das Hündchen bellend vorgelaufen; ich wollte es packen, das eklige Vieh jedoch biß mich fast in die Nase. Doch ich gewahrte zu gleicher Zeit sein Körbchen in der Ecke. He, das war es ja, was ich brauchte! Ich trat heran, durchwühlte das Stroh in dem hölzernen Körbchen und zog zu meiner ungewöhnlichen Befriedigung ein wenig umfangreiches Bündel kleiner Papiere hervor. Das abscheuliche Hündchen biß mich, als es das sah, zunächst in die Wade, begann aber dann, als es ausschnüffelte, daß ich die Papiere an mich genommen hatte, zu winseln und mir schönzutun, ich jedoch sagte: »Nein, mein Täubchen, leb wohl!« und eilte davon. Ich meine, das Mädchen muß mich für einen Verrückten gehalten haben, denn es erschrak ganz ungewöhnlich. Nach Hause gekommen, wollte ich mich unverzüglich an die Arbeit machen und die Briefe entziffern, denn bei Kerzenlicht sehe ich nicht mehr so gut. Mawra war jedoch in den Sinn gekommen, die Fußböden zu waschen. Diese dummen Finnländerinnen sind stets im falschen Augenblick auf Sauberkeit aus. Und somit begab ich mich auf die Straße, ein wenig umherzugehen und den Vorfall zu überlegen. Jetzt endlich werde ich alle die Dinge und Absichten in Erfahrung bringen, all die geheimen Triebfedern, und somit werde ich schließlich alles herausbekommen. Diese Briefe werden mir alles eröffnen. Hunde sind ein kluges Volk, sie kennen all die politischen Verhältnisse und mithin wird gewiß dort alles zu finden sein: sowohl das Porträt als auch die ganzen Geschäfte dieses Mannes. Und es wird auch gewiß etwas über jene dort sein, welche... nichts mehr, Schweigen! Gegen Abend erst kehrte ich nach Hause zurück. Lag die meiste Zeit auf dem Bett.

Den 13. November

Na also, wollen wir sehen: die Schrift ist ziemlich leserlich. Trotzdem scheint mir, daß in der Handschrift manches Hündische drin liege. Wollen wir lesen:
»Liebe Fidèle! Ich kann mich immer noch nicht an Deinen bürgerlichen Namen gewöhnen. Konnten sie Dir wirklich keinen besseren geben? Fidèle oder Rosa – welch ein ordinärer Ton, indes, lassen wir dies beiseite. Ich bin recht froh, daß wir beschlossen haben, einander zu schreiben.«
Der Brief ist sehr ordentlich geschrieben. Interpunktion und auch die schwierigeren orthographischen Fragen, alles in Ordnung. Auch unser Abteilungschef hätte das nicht so gut getroffen, wenn er auch weismachen will, daß er auf einer Universität studiert habe. Schauen wir also weiter:

»Mir will scheinen, daß es eine der größten Wohltaten auf Erden ist, seine Gedanken, Gefühle und Empfindungen mit einem anderen zu teilen.«
Hm! dieser Gedanke ist einem Werk entnommen, das aus dem Deutschen übersetzt wurde. An den Titel vermag ich mich nicht mehr zu erinnern.
»Ich spreche aus Erfahrung, wenn ich auch in der Welt nicht weiter herumgekommen bin als bis vor unsere Haustür. Kann man mein Leben wohl anders als ein freudenbringendes nennen? Mein Fräulein, das ihr Papa Sofie nennt, liebt mich bis zur Bewußtlosigkeit.«
Ach, ach!... nichts mehr, nicht weiter. Schweigen!
»Auch der Papa liebkost mich sehr häufig. Ich erhalte Tee und Kaffee mit Sahne. Ach, ma chère, ich muß Dir schon sagen, daß ich nicht das geringste Vergnügen an den großen abgenagten Knochen habe, die unser Nero in der Küche frißt. Knochen sind nur gut, wenn sie von Wild stammen und auch dann nur, wenn noch niemand zuvor das Mark daraus gesogen hat. Sehr gut ist es auch, verschiedene Saucen miteinander zu vermengen, aber sie müssen immer ohne Kapern und ohne Gemüse sein; was ich jedoch am übelsten finde, das ist die Gewohnheit, den Hunden gerollte Kügelchen aus Brot zu geben. Irgendein Mannsbild, das an der Tafel sitzt und in seinen Händen allen möglichen Dreck gehalten hat, beginnt mit diesen gleichen Händen Brotkrumen zu kneten und ruft einen dann heran und stopft einem so eine kleine Kugel zwischen die Zähne. Sich weigern ist irgendwie unhöflich, da heißt es dann eben, so was essen; mit Abscheu, und dennoch essen...«
Das soll der Teufel verstehen! Solch ein Unsinn! Als gäbe es keinen würdigeren Gegenstand, darüber zu schreiben. Schaun wir mal die nächste Seite an. Vielleicht wird es dort was Gescheiteres geben.
»Ich bin mit großem Vergnügen bereit, dich von allem zu benachrichtigen, was sich bei uns ereignet.
Ich habe dir schon einiges von dem Hauptherren erzählt,

den Sofie Papa nennt. Dies ist ein sehr merkwürdiger Mann.«

Ah! na endlich! Jawohl; ich wußte es ja: die haben eine politische Anschauung von allen Dingen. Wollen wir sehen, was dieser Papa uns zu sagen hat:

»... ein sehr merkwürdiger Mann. Er schweigt meistens. Spricht sehr selten; doch vor einer Woche, da sprach er unablässig mit sich selber: bekomme ich ihn oder bekomme ich ihn nicht? Dann konnte er in die eine Hand ein Papier nehmen, während er die andere leer ballte und dazu sprach: bekomme ich ihn oder bekomme ich ihn nicht? Und einmal wandte er sich auch an mich mit der Frage: was meinst du, Maggie? bekomme ich ihn oder bekomme ich ihn nicht? Ich konnte nichts davon verstehen, beschnüffelte seine Stiefel und ging meines Weges. Doch nach einer Woche, ma chère, kam Papa eines Tages hocherfreut heim. Den ganzen Vormittag über kamen Herren in Uniform zu ihm und gratulierten ihm zu was. Und bei Tisch war Papa so lustig, wie ich ihn noch nie zuvor gesehen, er erging sich in Anekdoten und hob mich nach dem Mittagessen hoch, so daß ich seinen Hals sehen konnte und fragte: ›Nun schau mal, Maggie, was das ist?‹ Ich sah ein Bändchen. Ich schnüffelte daran, allein es strömte nicht den geringsten Geruch aus; endlich leckte ich insgeheim daran: ein klein wenig salzig.«

Hm! dieses Hündchen ist, wie mir scheint, etwas zu weit gegangen ... daß man es nur nicht verprügelt! Ah! so ist er also ehrgeizig! Das muß man zur Kenntnis nehmen.

»Leb denn wohl, ma chère! ich eile und so weiter ... und so weiter ... Morgen werde ich den Brief beenden. Also, guten Tag! Da bin ich wieder bei Dir. Heute war mein Fräulein Sofie ...«

Ah! nun wollen wir sehen, was es mit Sofie auf sich hat. Ach, Schweinerei! ... nichts mehr, nicht weiter ... wollen wir fortfahren.

»... mein Fräulein Sofie in außerordentlicher Aufregung. Sie traf alle Anstalten, auf einen Ball zu gehen, und ich

freute mich, daß ich in ihrer Abwesenheit Dir würde schreiben können. Meine Sofie ist stets ungewöhnlich froh, wenn sie auf einen Ball fahren kann, obwohl sie beim Ankleiden fast immer zornig wird. Ich dagegen, ma chère, kann absolut nicht begreifen, was es für ein Vergnügen bereiten kann, auf einen Ball zu fahren. Sofie kehrt vom Ball stets gegen sechs Uhr morgens nach Hause zurück, und immer errate ich aus ihrer blassen und verwelkten Miene, daß man der Ärmsten dort nichts zu essen gegeben hat. Ich könnte, offen gestanden, so nicht leben. Wenn man mir keine Rebhuhnpastete oder gebratene Hühnerflügelchen vorsetzen sollte, dann ... ich weiß nicht, was dann mit mir geschehen würde. Gut ist auch Pastete mit Grütze. Karotten dagegen oder Rettich oder Artischocken können einfach nie gut sein ...«

Ein ungewöhnlich ungleichmäßiger Stil. Sieht man doch gleich, daß das kein Mensch geschrieben hat. Fängt an, wie es sich gehört, und endet auf Hundeart. Doch wollen wir noch ein weiteres Brieflein anschauen. Scheint ein bißchen lang. Hm! auch kein Datum angeführt.

»Ach! Liebste, wie stark ist das Kommen des Frühlings spürbar. Mein Herz schlägt, als wenn es immerzu etwas erwarte. In meinen Ohren ist ein beständiges Sausen. So daß ich häufig, das eine Beinchen erhoben, Minuten lang stehe und zur Tür hinhorche. Ich muß Dir eröffnen, daß ich viele Verehrer besitze. Häufig, wenn ich auf dem Fensterbrett sitze, sehe ich sie mir an. Ach, wenn Du nur wüßtest, welche Scheusale darunter sind. Mancher davon ist übertölpelhaft, ein richtiger Hofhund, greulich dumm, die Dummheit steht auf seinem Gesicht geschrieben, allein wie wichtig geht er auf der Straße, und ihm dünkt wohl, daß er eine sehr bedeutende Persönlichkeit wäre, und er meint sicher, daß alle nur auf ihn schauen. Nichts dergleichen. Ich beachte so einen nicht einmal – als wenn ich ihn gar nicht zu Gesicht bekommen hätte. Und was für eine furchterregende Dogge bleibt manchmal vor meinem Fenster stehen! Wenn die sich auf die Hinterpfoten stellen wollte, was das

grobe Vieh sicher nicht einmal versteht, würde sie um einen ganzen Kopf den Papa meiner Sofie überragen, der doch ebenfalls von ziemlich hohem Wuchs ist und dazu dick. Dieser Lümmel von einer Dogge ist sicher ein ganz entsetzlicher Frechling. Ich knurrte ihn etwas an, doch er scherte sich kein klein bißchen darum. Wenn er wenigstens die Stirn gerunzelt hätte! Er ließ nur seine Zunge hängen und wackelte mit den Riesenohren und schaute durchs Fenster – ein rechter Bauer! Indes kannst Du wirklich glauben, ma chère, daß mein Herz all diese Bestrebungen völlig gleichmütig mitansieht? – ach, nein... Hättest Du nur den einen Kavalier sehen können, der über den Zaun des Nachbarhauses kletterte, mit Namen Tresor. Ach, ma chère, was der für ein Schnäuzchen hat!«

Pfui Teufel!... So ein Mist... Und wie kann man nur einen Brief mit solchem Quatsch anfüllen? Man gebe mir einen Menschen! Ich will einen Menschen sehen; ich verlange nach der Nahrung, die meine Seele sättigen und erfreuen könnte; statt dessen aber diese Dummheiten... Blättern wir eine Seite um, ob es nicht vielleicht besser wird!

»...Sofie saß am Tischchen und nähte was. Ich blickte durchs Fenster, denn es macht mir Spaß, die Vorübergehenden zu betrachten. Da trat plötzlich ein Lakai ein und meldete: ›Herr Teplow!‹ – ›Lasse bitten‹, rief Sofie und umarmte mich stürmisch. Ach, Maggie, Maggie! Wenn Du nur wüßtest, wer das ist: brünett ist er, Kammerjunker ist er, und was für Augen er hat! Schwarz sind die und hell wie Feuer! Und Sofie lief sogleich in ihr Zimmer. Eine Minute drauf trat ein junger Kammerjunker mit schwarzem Bakkenbart ein; er begab sich zum Spiegel, fuhr über sein Haar und sah sich im Zimmer um. Ich knurrte ein wenig und setzte mich auf meinen Platz. Sofie kam bald heraus und erwiderte seine Verbeugung heiter; ich dagegen fuhr, als wenn ich nichts bemerkte, fort, durchs Fenster zu schauen, indes ich hielt meinen Kopf ein wenig gebückt und mühte mich, zu horchen, worüber sie sprachen. Ach, ma chère, welch einen Unsinn sprachen die daher! Sie unterhielten

sich darüber, daß eine Dame beim Tanz anstatt einer bestimmten Figur eine andere gemacht habe; und unterhielten sich darüber, daß ein gewisser Bobow in seinem Jabot nur zu sehr wie ein Storch aussehe und daß er beinahe gefallen wäre; und daß eine gewisse Lidina der Ansicht sei, daß sie blaue Augen habe, während sie in Wirklichkeit grüne Augen besitze – und dergleichen Zeugs mehr. Was gäbe das wohl, mußte ich insgeheim denken, wenn man den Kammerjunker mit Tresor vergleichen wollte! Himmel! welch ein Unterschied das! Zum ersten hat der Kammerjunker ein völlig glattes, plattes Gesicht, umrahmt von einem Backenbart, so daß man glauben könnte, er habe es mit einem schwarzen Tuch umschlungen; Tresors Schnäuzchen dagegen ist fein und auf seiner Stirne prangt ein weißes Glätzchen. Tresors Taille kann man mit jener des Kammerjunkers überhaupt nicht vergleichen. Und seine Augen, seine Haltung, seine Manieren, absolut was anderes! Oh, welch ein Unterschied! Ich kann nicht verstehen, was sie an ihrem Kammerjunker gefunden hat. Und weswegen sie so entzückt von ihm ist ...«

Mir will selber scheinen, daß hier etwas nicht stimmen kann. Es kann doch nicht sein, daß dieser Kammerjunker sie so betört haben sollte. Wollen wir weiter schauen:

»Mir scheint, wenn dieser Kammerjunker ihr gefällt, dann könnte ihr bald auch der Beamte gefallen, der in Papas Kabinett sitzt. Ach, ma chère, wenn Du nur wüßtest, was das für eine Mißgeburt ist. Ganz und gar wie eine Schildkröte im Sack ...«

Was kann das bloß für ein Beamter sein? ...

»Sein Name ist überaus sonderbar. Er sitzt beständig und schneidet Federn zu. Das Haar auf seinem Kopfe hat große Ähnlichkeit mit Stroh. Papa verwendet ihn häufig zu Botengängen statt des Dieners ...«

Mir scheint, das widerliche Hündchen zielt hierbei auf mich. Wo habe ich denn Haar, das wie Stroh aussieht?

»Sofie kann sich kaum zurückhalten zu lachen, wenn sie ihn anschaut.«

Das lügst du, verwünschtes Hündchen! So eine niederträchtige Sprache! Als wenn ich nicht wüßte, daß dies alles nur aus Neid geschieht. Als wenn ich nicht wüßte, wessen Intrigen hier spielen. Das sind die Intrigen des Abteilungschefs. Schwur denn der Mensch mir nicht unversöhnlichen Haß – und da schadet er mir nun und schadet mir, schadet mir auf Schritt und Tritt. Wollen wir trotzdem noch einen Brief anschauen. Vielleicht, daß dort das Ganze mit einemmal von selber klar wird.

»Ma chère Fidèle, verzeih mir schon, daß ich so lange nicht geschrieben. Ich lebte in völliger Entrückung. Der Dichter hat wahrhaft recht geschrieben, daß Liebe das zweite Leben sei. Außerdem kommt es in unserem Hause jetzt zu großen Veränderungen. Der Kammerjunker ist täglich bei uns. Sofie ist in ihn bis zum Wahnsinn verliebt. Papa ist sehr lustig. Ich hörte sogar von unserem Grigorij, der die Fußböden fegt und fast immer mit sich selber spricht, daß es bald eine Hochzeit geben würde; denn Papa will unbedingt, daß Sofie entweder einen General oder einen Kammerjunker oder einen kommandierenden Oberst heiratet...«

Das soll der Teufel holen! ich kann nicht mehr weiter lesen... Immer nur Kammerjunker oder General. Alles, was es Gutes auf der Welt gibt, alles fällt den Kammerjunkern oder den Generälen zu. Und wenn du schon einmal einen bescheidenen Reichtum für dich findest und meinst, du könntest den mit der Hand greifen – ein Kammerjunker oder ein General reißt ihn dir fort. Hol's der Teufel! Ich wünschte selbst, ein General zu werden, doch nicht, um ihre Hand und das andere zu erlangen. Nein; ich wünschte nur deswegen ein General zu werden, um zu sehen, wie sie dann vor mir kriechen und alle ihre Hofspäßchen und ihre Zweideutigkeiten vorbringen werden und um ihnen schließlich zu sagen, daß ich auf euch beide pfeife. Soll's der Teufel holen! Zu ärgerlich! Die Briefe dieses dummen Hündchens habe ich in Fetzen zerrissen.

Den 3. Dezember

Völlig ausgeschlossen. Leeres Gerede! Die Hochzeit wird nicht stattfinden! Nun wenn schon, daß er ein Kammerjunker ist. Das hat doch nicht Hand und Fuß, außer dem Rang; das ist doch keine greifbare Sache, die man in die Hand nehmen könnte. Denn weil er ein Kammerjunker ist, kriegt er damit doch kein drittes Auge auf der Stirn. Und seine Nase, die ist ja deswegen nicht aus Gold, sondern genau wie bei mir und wie bei einem jeden; er riecht doch mit ihr und kann damit nicht essen, er niest mit ihr und hustet nicht. Ich wollte schon mehrfach dahinterkommen, woher diese Verschiedenheiten rühren? Weswegen ich ein Titularrat bin und aus welchem tieferen Grunde ich ein Titularrat bin? Denn vielleicht bin ich in Wahrheit überhaupt ein Graf oder ein General und vielleicht scheine ich nur ein Titularrat zu sein? Vielleicht weiß ich nur selber nicht, wer ich in Wirklichkeit bin. Gab es denn wenig Beispiele in der Geschichte: da ist ein einfacher Mann, nicht etwa ein Edelmann, sondern einfach ein Bürgerlicher oder gar ein Bäuerlein, und plötzlich stellt sich heraus, daß der ein Großwürdenträger ist und manchmal sogar der Herrscher selber. Wenn so was schon bei einem Bauern möglich ist, was kann dann alles erst aus einem Edelmann herauskommen? Zum Beispiel, wie, wenn ich plötzlich in Generalsuniform erscheinen wollte: auf der rechten Schulter eine Epaulette und auf der linken Schulter eine Epaulette und über die Brust ein blaues Ordensband – wie? was wird dann meine Schöne für Lieder anstimmen? und was wird dann Papa selber sagen, unser Direktor? Oh, das ist ein großer Ehrgeizling! Ist ein Freimaurer, unbedingt ein Freimaurer, wenn er sich auch den Anschein gibt, als sei er dieses oder jenes, ich jedoch habe sogleich bemerkt, daß er ein Freimaurer ist: wenn er wem die Hand gibt, dann streckt er nur zwei Finger hin. Sollte es denn völlig ausgeschlossen sein, daß ich noch in diesem Augenblick zum Generalgouverneur ernannt werden könnte oder zum Intendanten oder zu irgendwas anderem derartigen? Ich möchte nur wissen, warum ich Titularrat bin? Warum eigentlich gerade Titularrat?

Den 5. Dezember

Heute während des ganzen Morgens Zeitungen gelesen. Sonderbare Dinge geschehen in Spanien. Ich konnte sie mir nicht einmal ganz klarmachen. Die schreiben, der Thron sei vakant und die Chargen befänden sich in schwierigster Lage wegen der Erwählung eines Nachfolgers, und aus diesem Grunde wäre es zu Aufständen gekommen. Das scheint mir ungewöhnlich seltsam. Wie wäre es wohl möglich, daß ein Thron vakant sein könnte. Man sagt, eine Donna würde den Thron besteigen. Eine Donna kann unmöglich den Thron besteigen. Kann sie ganz unmöglich. Auf dem Thron muß ein König sein. Doch man sagt, es sei kein König da. – Ist doch ausgeschlossen, daß kein König da wäre. Ein Staat kann nicht ohne König sein. Der König muß dasein, vielleicht hält er sich nur unbekannt wo verborgen. Es könnte schon sein, daß er dort ist, indes irgendwelche familiären Ursachen oder Befürchtungen seitens der Nachbarstaaten, als da sind: Frankreich und die anderen Länder, zwingen ihn, sich zu verbergen, oder es gibt gar noch andere Gründe.

Den 8. Dezember

Ich war schon ganz und gar drauf und dran, mich ins Departement zu begeben, doch hielten mich verschiedene Ursachen und Betrachtungen davon zurück. Die spanischen Angelegenheiten wollen mir nicht aus dem Kopf. Wie wäre das bloß denkbar, daß eine Donna Königin würde? Das wird man nicht zulassen. Und als erstes wird England das nicht zulassen. Und überdies die ganzen politischen Angelegenheiten in Europa: der österreichische Imperator und unser Herrscher... Ich gestehe offen, diese Ereignisse haben mich so erschüttert und kaputtgemacht, daß ich während des ganzen Tages absolut nichts verrichten konnte. Mawra machte die Bemerkung, daß ich bei Tisch ungewöhnlich zerstreut gewesen sei. Und in der Tat, mir scheint, ich habe in der Zerstreutheit zwei Teller auf den Fußboden geworfen, die dort entzwei gingen. Nach dem Essen fühlte ich mich gar nicht gut. Nichts Gescheites konnte ich alledem entnehmen. Lag hauptsächlich auf dem Bett und überlegte die spanischen Angelegenheiten.

Im Jahr 2000, den 43. Tag des April

Der heutige Tag ist ein Tag des größten Triumphes! In Spanien gibt es einen König. Er wurde aufgefunden. Dieser König bin ich. Und eben heute habe ich das erfahren. Ich gestehe, es erleuchtete mich plötzlich wie ein Blitz. Ich begreife nicht, wie ich je denken und in der Vorstellung leben konnte, daß ich ein Titularrat sei. Wie diese hirnverbrannte Idee mir je in den Kopf kommen konnte. Nur gut, daß niemand bisher auf den Gedanken gekommen ist, mich deswegen etwa in ein Irrenhaus zu sperren. Jetzt ist mir alles klar. Jetzt sehe ich alles offen zutage liegen. Vorher jedoch, das will mir gar nicht eingehen, vorher war alles vor mir wie in einem Nebel gelegen. Und zwar ist das alles, wie ich meine, die Folge davon, daß die Leute der Ansicht sind, das menschliche Hirn stäke im Kopf; kein klein bißchen: es wird vom Wind aus der Richtung des Kaspischen Meeres hergetragen. Zunächst eröffnete ich Mawra, wer ich sei. Als sie vernahm, daß sich der spanische König vor ihr befinde, schlug sie die Hände über dem Kopf zusammen und wäre vor Schreck fast gestorben. Denn die Dumme hatte noch nie zuvor den spanischen König gesehen. Immerhin bemühte ich mich, sie zu beruhigen und war bestrebt, sie in gnädigen Worten meiner Wohlgesinntheit zu versichern und daß ich ihr deswegen keineswegs gram sei, weil sie mir manchmal die Stiefel schlecht geputzt. Ist doch ein ungebildetes Volk. Man kann denen nie von erhabenen Materien sprechen. Sie erschrak vornehmlich deswegen, weil sie des Glaubens war, alle spanischen Könige müßten wie Philipp II. aussehen. Ich machte ihr dagegen klar, daß es zwischen Philipp und mir nicht die geringste Ähnlichkeit gäbe und daß bei mir kein einziger Kapuziner wäre... Ins Departement ging ich nicht. Der Teufel sei mit ihm! Nein, Freunde, dorthin verlockt ihr mich nicht mehr; ich denke nicht mehr daran, eure ekligen Akten abzuschreiben!

Den 86. Martober. Zwischen Tag und Nacht

Heute erschien unser Exekutor mit dem Befehl bei mir, mich ins Departement zu begeben, wo ich seit mehr denn drei Wochen nicht mehr meinem Amt nachgegangen bin. Um einen Schabernack zu spielen, ging ich ins Departement. Der Abteilungschef dachte, daß ich mich vor ihm verneigen und eine Entschuldigung vorbringen würde, indes ich sah ihn gleichgültig an, weder allzu zornig, noch allzu wohlwollend und begab mich an meinen Platz, als sähe ich niemand ringsum. Ich betrachtete das gesamte Kanzleipack und dachte mir: wie, wenn ihr wüßtet, wer unter euch sitzt... Herr, mein Gott! was für einen Wirbel würden die wohl erheben und was für tiefe Verbeugungen würde der Abteilungschef vor mir machen, die gleichen, mit denen er sich jetzt vor dem Direktor verneigt. Man legte mir irgendwelche Akten vor, damit ich daraus einen Auszug mache. Allein ich rührte keinen Finger. Wenige Minuten darauf entstand eine allgemeine Unruhe. Es hieß, der Direktor komme. Viele Beamte liefen unentwegt auf und ab, nur um sich vor ihm zu zeigen. Ich rührte mich nicht vom Fleck. Als er durch unsere Abteilung schritt, knöpften alle ihre Fräcke bis oben zu; ich dagegen tat nichts dergleichen! Was da Direktor! daß ich etwa vor ihm aufstünde – nie im Leben! Was ist er denn für ein Direktor? Er ist ein Pfropfen und kein Direktor. Ein gewöhnlicher Pfropfen, weiter nichts. So einer, mit dem man Flaschen zukorkt. Am meisten amüsierte es mich, als man mir ein Papier vorlegte, damit ich es unterschriebe. Die dachten wohl, ich würde am äußersten Ende des Blattes unterschreiben: Tischvorsteher Sowieso, hat sich was! Ich dagegen kritzelte an der gewichtigsten Stelle, dort, wo der Direktor des Departements zu unterschreiben pflegt: Ferdinand VIII. Das hätte einer ansehen sollen, was für ein ehrfurchtsvolles Schweigen alsbald herrschte; ich jedoch winkte nur mit der Hand ab und sagte: »es braucht keinerlei Zeichen der Botmäßigkeit!« und begab mich hinaus. Von dort schritt ich geradewegs zur Wohnung des Direktors. Er war nicht zu Hause. Der Lakai wollte mich nicht einlassen, doch da sagte ich ihm ein paar Worte, daß er die Hände sinken ließ. Ich begab mich direkt ins Toilettezimmer. Sie saß vor dem Spiegel, doch sprang sie sofort auf und wich vor mir zurück. Trotzdem sagte ich ihr nicht, daß ich der spanische König wäre. Ich sagte nur, daß das Glück ihrer harre, ein Glück, wie sie es sich gar nicht vorzustellen vermöge, und daß wir trotz aller Ränke der Feinde dennoch zusammenkommen würden. Mehr wollte ich absolut nicht sagen und begab mich hinaus. Oh, welch verschlagenes Geschöpf sind doch die Weiber! Ich habe jetzt erst völlig erfaßt, was das bedeutet: Weib. Bis heute hat noch keiner erkannt, in wen sie verliebt ist: ich als erster entdeckte dies. Das Weib ist in den Teufel verliebt. Ja, ohne Scherz. Die Physiker schreiben nichts als Dummheiten, sie sei dieses oder jenes – sie liebt einzig und allein den Teufel. Da sehen Sie doch, aus einer Loge des ersten Ranges richtet sie die Lorgnette. Sie meinen wohl, sie betrachte den Dicken da mit dem Stern? ganz und gar nicht, sie schaut auf den Teufel, der hinter dem Rücken von jenem steht. Und nun hat er sich in den Stern verkrochen, den jener trägt. Und er winkt ihr von dort mit seinem Finger! Und sie wird ihn heiraten. Wird ihn heiraten. Sie alle jedoch, ihre beamteten Väter, ja alle diese da, die nach allen Seiten herumwetzen und an den Hof kriechen, und dabei sagen, sie wären Patrioten und dies und jenes: nichts als Leibrenten wollen sie, die Patrioten, Leibrenten nur! Mutter, Vater und Gott würden sie für Geld verkaufen, die Ehrgeizlinge, die Christusverschacherer! All das nur aus Ehrgeiz und all der Ehrgeiz nur darum, weil unter der Zunge ein kleines Bläschen sitzt und darin ist ein ganz kleines Würmchen in der Größe eines Stecknadelkopfes, und alles das wird von einem Bader angefertigt, der in der Gorochowaja haust. Ich weiß nicht mehr, wie er heißt. Die Haupttriebfeder all dessen ist jedoch der türkische Sultan, der diesen Bader besticht und der auf der ganzen Welt den Mohammedanismus verbreiten will. Man sagt, daß in Frankreich bereits ein großer Teil des Volkes zum Glauben Mohammeds übergetreten sei.

Den Ungezählten. Tag ohne Datum

Ging inkognito über den Newskij Prospekt. Der Herr Kaiser fuhr vorbei. Die ganze Stadt lüftete die Mützen und so auch ich; trotzdem ließ ich durch nichts erkennen, daß ich der spanische König wäre. Ich hielt es für sehr unschicklich, das vor allen Leuten zu enthüllen; alldieweil ich mich vorher unbedingt bei Hof vorstellen muß. Mich hielt hiervon lediglich dies zurück, daß ich bis jetzt kein königliches Gewand besitze. Wenn ich wenigstens auf irgendeine Weise eine Mantille beschaffen könnte. Ich wollte sie bei einem Schneider bestellen, allein das sind vollkommene Esel, außerdem sind sie absolut nicht hinter ihrer Arbeit her, haben sich in dunkle Geschäfte eingelassen und sind zum größten Teil damit beschäftigt, die Straßen mit Steinen zu pflastern. Ich entschloß mich daher, die Mantille aus der neuen Vizeuniform machen zu lassen, die ich erst zweimal tragen konnte. Doch auf daß mir diese Gauner dabei nichts ruinieren könnten, entschloß ich mich, die Schneiderei selber zu besorgen, hinter verschlossenen Türen, so daß keiner es zu sehen vermöge. Ich zerschnitt den Uniformrock mit der Schere völlig, weil doch der Schnitt ein absolut anderer werden muß.

Weiß das Datum nicht. Gab auch keinen Monat.
War weiß der Teufel was.

Die Mantille ist völlig fertig und genäht. Mawra schrie auf, als ich sie überwarf. Trotzdem kann ich mich noch nicht entschließen, mich bei Hof vorzustellen. Bis jetzt ist keine Deputation aus Spanien da. Ohne Deputierte ist es unschicklich. Meine Würde hätte dann keinerlei Gewicht. Ich erwarte sie von Stunde zu Stunde.

Dies 1

Mich erstaunt die ungewöhnliche Saumseligkeit der Deputierten. Was mögen das nur für Gründe sein, die sie aufhalten? Wirklich Frankreich? In der Tat, das ist die allerunwohlgesinnteste unter den Großmächten. Ging um mich zu erkundigen auf die Post, ob keine spanischen Deputierten eingetroffen seien. Doch der Postmeister ist ein völliger Dummkopf und weiß nichts: nein, sagte er, hier sind keinerlei spanischen Deputierten. Wenn es Ihnen aber gefällig sein sollte, einen Brief zu schreiben, so nehmen wir den zu dem festgesetzten Tarif gern an. – Das soll der Teufel holen! Wozu denn einen Brief? Ein Brief ist Unsinn. Briefe schreiben Apotheker...*

* In früheren russischen Ausgaben endete dieser Abschnitt folgendermaßen: Briefe schreiben Apotheker, und auch dann nur, wenn sie vorher die Zunge in Essig gesteckt, da ohne dies ihr ganzes Gesicht voller Flechten wäre. *Der Übersetzer*

Madrid, den dreißigsten Februarius

Und somit bin ich nun in Spanien. Das vollzog sich so schnell, daß ich kaum zur Besinnung kam. Heute früh erschienen bei mir die spanischen Deputierten und ich stieg mit ihnen in den Wagen. Die ungewöhnliche Schnelligkeit kam mir sonderbar vor. Wir reisten so geschwind, daß wir nach einer halben Stunde bereits die spanische Grenze erreicht hatten. Im übrigen ist es ja so, daß jetzt in ganz Europa die Eisenbahnen und die Dampfer ungewöhnlich schnell fahren. Ein seltsames Land ist Spanien: als ich das erste Zimmer betrat, gewahrte ich eine Menge Menschen mit völlig ausrasierten Köpfen. Indes ich erriet sogleich, daß dies entweder Dominikaner oder Kapuziner seien, weil diese ihre Häupter rasieren. Besonders seltsam kam mir das Benehmen des Staatskanzlers vor, der mich an der Hand nahm; er stieß mich in ein kleines Zimmer und sagte: hier bleibst du sitzen, und wenn du dich weiter König Ferdinand nennen solltest, so werde ich dir den Spaß daran schon ausbleuen. Da ich jedoch wußte, daß es nur auf eine Prüfung hinausliefe, antwortete ich ablehnend, wofür mir der Kanzler mit dem Stock zwei so schmerzhafte Schläge auf den Rücken versetzte, daß ich fast aufgeschrien hätte, allein ich hielt mich davon zurück, da mir einfiel, daß dies ja die ritterlichen Bräuche bei Antritt eines hohen Amtes wären, zumal in Spanien bis heute noch ritterliche Bräuche im Schwange sind. Allein geblieben, beschloß ich, mich mit Staatsaufgaben zu beschäftigen. Ich entdeckte, daß China und Spanien völlig ein und dasselbe Land seien und daß man sie nur aus Unbildung für verschiedene Staaten ansähe. Ich empfehle allen, auf ein Papier das Wort Spanien aufzuschreiben, man wird sehen, daß China dabei herauskommt. Mich bekümmerte indes ganz außerordentlich ein Ereignis, das morgen eintreten muß. Morgen um sieben Uhr wird es zu einem seltsamen Ereignis kommen: die Erde wird auf den Mond stoßen. Hierüber schreibt auch schon der berühmte Chemiker Wellington.

Ich gestehe, daß ich eine herzliche Unruhe fühle, wenn ich mir die ungewöhnliche Zartheit und geringe Haltbarkeit des Mondes vorstelle. Denn der Mond wird doch gewöhnlich in Hamburg gemacht; und zwar sehr schlecht gemacht. Ich wundere mich, daß England hierauf noch keine Aufmerksamkeit verwandt hat. Ein lahmer Böttcher macht ihn, und es ist ganz augenscheinlich, daß der Dummkopf nicht den geringsten Begriff vom Monde hat. Er verwendet dazu geteertes Tauwerk und einen Teil Baumöl; und daher rührt es, daß auf der ganzen Welt ein so fürchterlicher Gestank herrscht, daß man sich die Nase zustopfen muß. Und so kommt es, daß der Mond eine derart zarte Kugel ist, auf der keine Menschen leben, sondern auf der einzig und allein Nasen zu leben vermögen. Und deshalb sind wir selber nicht in der Lage, unsere eigenen Nasen sehen zu können, da sie sich alle auf dem Monde befinden. Und als ich mir dann klarmachte, daß die Erde doch ein schwerer Körper sei und daß somit bei dem Zusammenstoß alle unsere Nasen zu Mehl zerrieben werden müßten, ergriff mich eine derartige Unruhe, daß ich Strümpfe und Schuhe anlegte und in den Saal des Staatsrates eilte, um dort der Polizei den Befehl zu erteilen, nicht zuzulassen, daß die Erde mit dem Monde zusammenstoße. Die Kapuziner, die ich in großer Menge im Saal des Staatsrates antraf, waren ein sehr gescheites Volk, denn als ich sagte: »Meine Herren, lassen Sie uns den Mond retten, da die Erde mit ihm zusammenstoßen will«, stürzten sie im gleichen Augenblick, meinen königlichen Willen auszuführen, und viele kletterten an der Wand hoch, um den Mond zu erwischen, als gleichzeitig der große Kanzler eintrat. Da sie seiner gewahr wurden, liefen alle auseinander. Ich, der ich ein König bin, blieb allein. Zu meiner Verwunderung jedoch schlug mich der Kanzler mit dem Stock und trieb mich in mein Zimmer. Solche Macht besitzen in Spanien die Volksbräuche!

Januar desselben Jahres, der auf den Februar folgt

Bis jetzt kann ich nicht ganz fassen, was dies Spanien für ein Land ist. Die Volksbräuche sowohl wie die Etikette des Hofes sind völlig ungewöhnlich. Ich kann es nicht fassen, ich kann es nicht fassen, ich kann absolut nichts davon fassen. Heute wurde mir der Kopf völlig ausrasiert, ungeachtet dessen, daß ich so laut ich konnte hinausschrie, ich wünschte absolut nicht, Mönch zu werden. Doch an das kann ich mich überhaupt nicht mehr entsinnen, was dann mit mir geschah, als man mir auf den Kopf kaltes Wasser tropfen ließ. Solch eine Hölle habe ich noch nie zuvor verspürt. Ich war drauf und dran, rasend zu werden, so daß man mich kaum zu bändigen vermochte. Ich kann absolut nicht die Bedeutung dieses seltsamen Brauches verstehen. Ein ebenso törichter wie sinnloser Brauch! Unfaßlich ist mir die Unvernunft der Könige, die das bis heute nicht ausgerottet haben. Nach den Wahrscheinlichkeitsmomenten zu schließen, möchte ich auf folgendes schließen: ob ich nicht am Ende der Inquisition in die Hände gefallen und ob nicht jener, den ich für den Kanzler gehalten, vielleicht gar der Großinquisitor selber ist. Indes ich kann immer noch nicht fassen, wie es möglich gewesen, daß der König sich der Inquisition unterwarf. Es ist wahr, von seiten Frankreichs wäre das denkbar und zumal bei Polignac. Oh, diese Bestie Polignac! Er hat geschworen, mich bis in den Tod zu verfolgen. Und nun hetzt er mich und hetzt mich; allein ich weiß, Freund, daß der Engländer dich leitet. Der Engländer war immer schon sehr politisch. Er wepst überall umher. Und das ist ja der ganzen Welt bekannt, daß, wenn England Tabak schnupft, Frankreich niest.

Dies 25

Heute trat der Großinquisitor in mein Zimmer, da ich jedoch seine Schritte schon von fern vernommen, hatte ich mich unter einem Stuhl verkrochen. Als er sah, daß ich nicht da wäre, begann er nach mir zu rufen. Anfangs schrie er: »Poprischtschin!« – ich kein Wort. Hierauf »Akßentij Iwanow! Herr Titularrat! Herr Edelmann!« – Ich schwieg immerzu. – »Ferdinand VIII., König von Spanien!« – Da wollte ich eigentlich meinen Kopf vorstrecken, indes ich überlegte: nein, Bruder, du führst mich nicht an! Wir kennen dich schon: wirst mir aufs neue kaltes Wasser auf den Kopf gießen. Indes er erblickte mich und trieb mich mit dem Stock unter dem Stuhl hervor. Außerordentlich schmerzlich schlägt der verdammte Stock. Übrigens entschädigte mich für all das eine Entdeckung, die ich heute machte: ich erkannte, daß ein jeder Hahn sein eigenes Spanien besäße, es befindet sich bei ihm unter seinen Federn. Trotzdem aber ging der Großinquisitor voller Zorn von mir und drohte mir mit irgendeiner Strafe. Allein ich mißachtete seinen ohnmächtigen Zorn, wußte ich doch, daß er nichts als eine Maschine ist, ein Werkzeug der Engländer.

Di 34 es Mz Jrah. Februar 349

Nein, ich habe nicht die Kraft mehr, das zu tragen. Mein Gott! was tun sie bloß mit mir! Sie gießen mir kaltes Wasser auf den Kopf! Sie hören mich nicht an, sie achten nicht auf mich, sie folgen mir nicht. Was habe ich ihnen bloß getan? Warum quälen sie mich so? Was wollen sie von mir Armen? Was kann ich ihnen denn geben? Ich besitze nichts. Es geht über meine Kraft, es ist mir nicht möglich, all ihre Qualen zu erdulden, mein Kopf brennt und alles dreht sich vor mir. So rettet mich doch! So nehmt mich doch fort! Gebt mir ein Dreigespann mit Rossen, schnell wie der Wirbelwind! Setz dich, mein Kutscher, läute, mein Glöckchen, schwingt euch auf, ihr Rosse, und tragt mich fort von dieser Welt! Weiter, nur weiter, damit nichts mehr zu sehen wäre, nichts. Dort wölkt sich der Himmel schon vor mir; ein Sternchen blitzt in der Ferne; mit dunkeln Bäumen und einem Monde fegt ein Wald her; grauer Nebel bettet sich unter meinen Füßen; im Nebel hallt eine Saite; von der einen Seite das Meer, von der anderen Italien; dort werden auch russische Hütten sichtbar. Ob das wohl mein Haus ist, das dort fern blaut? Ist es gar meine Mutter, die dort am Fenster sitzt? Mütterchen, so rette doch deinen armen Sohn! vergieß ein Tränchen auf seinen kranken Kopf! so sieh doch nur, wie man ihn peinigt! schmieg das arme Waisenkind an deine Brust! Kein Platz auf der Welt ist mehr für ihn da! man hetzt und jagt ihn! – Mütterchen! so erbarme dich doch deines kranken Kindleins!...

Aber wissen Sie auch, daß direkt unter der Nase des Beys von Algier eine Warze ist?

Nachwort

Obwohl fast alle Literarhistoriker es behaupten, wird es deswegen nicht richtiger, auf Puschkin, den wirklichen Begründer der russischen neueren Dichtung, den jungen, genialen Lermontow folgen zu lassen. Man verbindet diese beiden Namen genau so, wie man in Deutschland die Namen Goethes und Schillers koppelt, obwohl unsere beiden großen Dichter trotz ihrer Freundschaft nur wenig Gemeinsames haben. Puschkins wirklicher Nachfolger war der herrliche und etwas verrückte Prosaiker Gogol, dem Puschkin den Stoff zu zwei Meisterwerken überlassen hat. Schon in diesem Umstand äußert sich eine klare Gesetzmäßigkeit der Nachfolge, wenn man auch hierbei die Frage nicht verschweigen darf, wie der große und klare Puschkin zu den verschatteten Stoffkreisen der *Toten Seelen* und des *Revisor* kam? Puschkins Beobachtungsgabe war durchdringend, indes er führte in seinem kurzen Leben nur das durch, was völlig zu ihm paßte. Er wußte zwar, daß in der Entwicklung der Prosadichtung und des Theaters solche Werke einmal geschrieben werden müßten, selbst aber wollte er sie nicht schreiben, denn wahrscheinlich sagte ihm sein Genius, daß der Romantiker Gogol auch hier das Bitterste ein wenig entbittern würde.

Der Romantiker Gogol?

Haben wir den Mut, dies zu bejahen. Und versuchen wir, auf die Gefahr hin, die geeichte Mentalität mancher Kenner zu verletzen, das Romantische bei Gogol aufzuhellen. Da wäre zunächst der vielgepriesene Realismus seiner Schilderungen, allein diese sind keineswegs realistisch, sondern sogar ausgesprochen phantastisch: kein Geiziger war je so geizig wie Puschkin, kein Renommist schwadronierte je so wie Nosdrjow, und doch glaubt man ihnen. Man glaubt diesem bis ins Unwahrscheinliche durchgeführten Realismus, der damit aufhört, Realismus zu sein, weil die klaren realistischen Einzelzüge fast immer einem höheren Bezuge unterstellt werden. Denken wir nur an Gogols Beschreibung des Dnjepr: so majestätisch und breit sei der Strom, daß es kaum je ei-

nem Vogel gelinge, bis zur Mitte des Flußbettes zu fliegen. Ist das Realismus? Man erinnere sich auch an Gogols berühmtes »Lachen durch Tränen«, was mehr als dies ist Romantik? Grade in der Verschmelzung der Gefühle, im Ineinanderfließen der Empfindungen, im Ineinandergleiten von Traum und Wachen, von Vision und Wahrheit liegt ja das Essentielle der Romantik.
Das »Lachen durch Tränen« kann man als Kronbeispiel romantischer Empfindungsverschleifung bezeichnen. Man blättere nur im Gogol und versuche festzustellen, wieviel Prozent seiner realistischen Erzählungen in Wahrheit Gespenstergeschichten sind oder Geschichten, in die heiterer oder ernster Spuk hineinspielt. Ja man kann bald sagen, daß seine Wahl der Stoffe fast immer dadurch beeinflußt wird, daß sie in irgendeinem Zusammenhange zu einer unbekannten vierten Dimension stehen. Und wenn wir noch einen Schritt weitergehen: ist etwa Gogols besonderes Mitleid zu den »Erniedrigten und Beleidigten« nicht auch reine Romantik? Der kleine Beamte im *Mantel*, ist das in seiner logischen Entwicklung bis zur metaphysischen Schlußvision nicht ein romantisches Werk? Reinste Herzensromantik, wie bei Dostojewskij! Ist er nicht ein geradezu entscheidender Bestandteil der gesamten russischen bipolaren Dichtung (ohne dabei absolute Romantik zu sein, wie man sie in Deutschland versteht!). Lermontow und Gogol, diese beiden großen Nachfolger Puschkins, die den Dichtern des 19. Jahrhunderts ihren Stempel aufdrückten, zeigen, daß vielleicht die nachhaltigste Wirkung aus der Zerspaltenheit der Dichter herrühren könne. Mit ihnen stieg das Jahrhundert der Bipolarität auf, gesegnet vom frühen Nordlicht der Romantik.
Auch Gogols Leben war romantisch.
Nikolaj Wassiljewitsch Gogol (1809–52) war ein Ukrainer, der Sohn eines Landedelmannes; er kam 1828 nach Petersburg, wo er eine kleine Beamtenstellung erhielt. Sein Traum, Schauspieler zu werden, glückte ihm nicht. Seine ersten dichterischen Versuche mißlangen und wurden verrissen. Ein Plan, Rußland den Rücken zu kehren und nach Amerika auszuwandern, endete bereits in Lübeck. Erst bei seiner Rückkehr fand Gogol seinen Weg. Er schrieb Erzählungen aus der Ukraine, die unter dem Titel *Abende*

auf dem Vorwerk bei Dikanka 1831 erschienen und sogleich Erfolg hatten. Der große Königsmacher, der Dichter Schukowskij, stellte Gogol Puschkin vor, dem entscheidenden Geiste, der Gogols Entwicklung von da ab bestimmte. Im folgenden Jahr erschien ein zweiter Band ukrainischer Novellen. Nach einem Zwischenspiel als Lehrer an einer Mädchenschule, wozu sich Gogol sowenig eignete wie zum Beamten, kam ein verunglückter Versuch, Geschichte an der Universität Petersburg zu lesen; um so mehr Erfolg hatten seine Petersburger Novellen (die 1835 erschienen und aus denen die zwei Geschichten dieses Bandes entnommen sind) und die ukrainischen Erzählungen *Mirgorod* (1835). Im gleichen Jahr begann Gogol sich auch dem Theater zuzuwenden; nach einigen kleineren Arbeiten entstand sein unsterblicher *Revisor*, der natürlich nie und nimmer von der Zensur freigegeben worden wäre und also nie auf die Bühne hätte kommen können, wenn nicht der Zar Nikolaj I. bereits im folgenden Jahr die Aufführung persönlich befohlen hätte. Es war eine Sensation. Der Sturm von Haß und Jubel, den der *Revisor* aufrührte, wirbelte Gogol ins Ausland, von wo er erst nach zwölf Jahren, nämlich 1848, endgültig nach Rußland zurückkehrte. Er weilte vornehmlich in Italien und schrieb dort sein Hauptwerk, *Die toten Seelen* (1842). Auch hier das gleiche: Haß und Jubel, nur wußten alle sofort, daß mit diesem Werk eine neue Ära der russischen Prosa begann. Gogol jedoch, der von einer geradezu hysterischen Empfindlichkeit war, reagierte hauptsächlich auf die Widerspruchsorgien, die das Buch auslöste, und ging daran, in einem zweiten Bande gutzumachen, was er im ersten verbrochen zu haben glaubte. Man hatte ihm vorgeworfen, sein Rußland, das er so liebte, verhöhnt und verleumdet zu haben. Und nun schlug sich der Dichter mit einem Idealbild eines anderen Rußlands herum, das es nicht gab und das er also nicht sehen konnte; er schrieb unablässig und vernichtete, was er geschrieben hatte: dieser zweite Band ist nie fertig geworden.

Wie aber wurde den Russen zumute, als Gogol 1847, kurz vor seiner Heimkehr, seine *Ausgewählten Stellen aus dem Briefwechsel mit Freunden* herausgab, seine Gedanken über Religion und Politik? Alle hatten geglaubt, daß Gogol, dieser harte Kritiker der russischen Gegenwart, ein freiheitlich gesinnter Mensch sei – und nun mußte man entsetzt feststellen, daß Gogol in Wirklichkeit ein Erzreaktionär war. Der Sturm brach los; Belinskij, der führende Kritiker, richtete einen vernichtenden Brief an Gogol, in dem er ihn als »Prediger der Knute« bezeichnete. Dieser offene Brief sprach die Meinung der russischen Jugend aus. Gogol konnte sich von diesem Schlage nie mehr erholen. Er pilgerte nach Jerusalem zum heiligen Grabe, bevor er nach Rußland zurückkehrte. Und dann lebte er noch vier Jahre in Rußland, immer wieder an seinen *Toten Seelen* schreibend, immer wieder alles vernichtend. Schließlich mußte es zur Katastrophe kommen: unter dem Vorwand, sich zur Kommunion vorbereiten zu müssen, verweigerte er die Nahrungsaufnahme und starb unter großen Qualen.

Schon aus diesem kurzen Abriß seines Lebens wird man ersehen, wie bipolar, wie romantisch es geprägt war. In Leben und Dichtung prallten hier die absoluten Gegensätze aufeinander. Puschkin erkannte das gleich, denn als Gogol ihm einmal eines seiner heiteren Werke vorlas, wurde er immer düsterer und äußerte schließlich: »Wie traurig ist unser Rußland.«

Natürlich hat es schon vor Gogol Versuche in russischer Prosa gegeben, allein es hat wenig Zweck, diese hier aufzuführen. Nach den klassischen Novellen Puschkins, deren Kristallklarheit, Vollendung und meisterhafter Stil nicht eigentlich zur Nachahmung anregten, schuf Gogol als größter Menschenschilderer eine russische Prosa, deren Nachhall noch bis weit ins 20. Jahrhundert hinein zu spüren ist. Die größten russischen Erzähler: Dostojewskij, Lesskow und Saltykow, aber auch die Prosaiker unter den Symbolisten, wie Kusmin, Remisow und Andrej Bjely, sind ohne Gogol nicht denkbar. Sein *Mantel*, diese »rein ellenmäßig« kurze Erzählung, hat geradezu epochemachend gewirkt, denn Gogols zärtliche Neigung für die Erniedrigten und Beleidigten, mit der er den unglücklichen kleinen Beamten in dieser Geschichte schildert, geht wie ein roter Faden durch die russische Dichtung, ohne sie ist weder Dostojewskij noch die ganze weitere russische Prosa denkbar, der *Mantel* ist die Urzelle, aus der sich das königliche Gebäude der russischen Epik emporwölbt. »Wir stammen alle aus dem Mantel«, sagte schon Dostojewskij. Dies Wort ist unzählige Male wiederholt worden. Der *Mantel* ist genau das, was man mit dem Gattungsnamen »magischer Realismus« bezeichnen kann, obwohl manche Journalisten über diese Begriffsetzung empört sind, die doch auf so viele bedeutende Werke seit der Romantik zutrifft.

Das in diesem Zusammenhang Entscheidende ist Gogols Sprache und Stil. Gogols Stil ist von einer Eleganz und Vollendung wie etwa der Stil des großen Engländers Charles Dickens, er ist reich und funkelnd, erfüllt von glanzvollem Rhythmus, bewegt und heiter, und kann sich dabei doch ganz einfach geben. Er ist aller Nuancen fähig, vom Erhabenen bis zum Grobkomischen, vom Leichten bis zum Tragischen. Man beachte hier nur den Unterschied in Vortrag und Diktion zwischen dem *Mantel* und den tief ergreifenden *Aufzeichnungen eines Verrückten* (ebenfalls aus dem Grenzland zwischen Traum und Wachen), dann wird man leicht verstehen, was wir meinen. Gogol beherrscht jedes Register der Sprache, auch hierin Dickens ähnlich. Doch man bedenke dabei eines: Für Dickens arbeiteten sechshundert Jahre, den Kristallisationsprozeß der Sprache herbeizuführen – für Gogol noch keine hundert. Dickens schrieb in einer Sprache, die schon zu Shakespeares Zeit einen Gipfel erreicht hatte, die russische Prosa vor Karamsin war schwerfällig und täppisch. Begreift man nun das Wunder der russischen Dichtung? Versteht man die völlig einmalige Genialität Alexander Puschkins, der nicht nur die russische Dichtung schuf, sondern der Vater der russischen Sprache wurde, fast im gleichen Jahrzehnt, als Gogol seine Meisterwerke schrieb, die heute noch strahlen wie am ersten Tage?

Trotz der hohen dichterischen Leistungen Gogols darf nicht vergessen werden, daß er bei aller Romantik insofern ein Zeitdichter war, als er trotz der allgemeinmenschlichen Züge dennoch in Schilderung und Kritik in seiner Zeit verwurzelt war. Das zutiefst Romantische aber, das stets vergessen wird, ist, daß diese Zeitkritik nicht vom Fortschrittlichen her gesehen war, sondern daß er diese Kritik als Reaktionär übte. Man vergißt das gern, und es spielt im Grunde genommen auch keine sehr wesentliche Rolle, denn was Gogol zu erreichen beschieden war, ist das Entscheidende. Seine Dichtung hat die gesamte weitere russische Dichtung befruchtet und ist unsterblich geworden, darauf kommt es an. Und daß sie von rechts und links gleichermaßen geliebt wird. Wieder ein Beweis dafür, daß Liebe stärker ist als der Intellekt.

Johannes von Guenther

Inhalt